SOMMARIO

1

LA NASCITA DI MATTEO

È una giornata di sole. Gli uccellini cinguettano e volano da un albero all'altro. I fiori sui prati del parco sono già sbocciati. Un cagnolino corre all'impazzata: sta riportando il bastone che il padrone gli ha appena lanciato. Due ragazze chiacchierano sedute sopra un telo steso sull'erba. Non si sente un solo suono di cellulare. Ma in fondo è normale, siamo nel 1993 e i telefonini non sono ancora diffusi come sarà nel 2017. La tranquillità e il primo caldo della primavera danno l'impressione di non trovarsi nel parco di una città, ma in una campagna lontana. Tutto scorre con serenità. Un signore anziano seduto su una panchina si addormenta.

POI, ALL'IMPROVVISO, UN URLO DEVASTANTE E INASPETTATO SQUARCIA L'ARIA.

Gli uccellini volano via, i fiori stringono i loro petali, il cagnolino scappa in un cespuglio. È un urlo continuo, una nota fissa che ricopre tutto. A quel punto il padrone segue il cagnolino, il signore anziano si sveglia di colpo, le ragazze si tappano le orecchie. È un urlo che si interrompe solo a tratti, quasi come se l'essere che lo sta producendo debba ogni tanto riprendere il respiro.

MA DA DOVE ARRIVA QUESTO URLO?

Arriva da un edificio che si trova poco lontano dal parco, un palazzone di dodici piani tutto bianco, con in cima una pista per gli elicotteri. Un ospedale. Se ci avviciniamo ancora un po', scopriamo che giunge da una finestra del sesto piano, reparto maternità. Dentro quella stanza c'è la baraonda. I medici, completamente sudati, corrono da una parte all'altra, si scontrano con le ostetriche che trasportano arnesi chirurgici. Tutti obbediscono senza riserve agli ordini del paziente, che brandisce uno sturalavandino e si scuote steso sul tavolo operatorio:

"Tu, porta il bisturi al medico!"
"Tu, dammi l'antidolorifico!"
"Forza con quell'anestesia, circolare!"
"Ti ho visto, sai? Non azzardarti a farmi il cesareo!"

Proprio così, la cuffietta che copre i suoi capelli non deve trarci in inganno.
È una donna, e sta per avere un bambino.
Ma non è una donna come tutte le altre: è Mamma Bise. Anzi, per ora è

QUASI MAMMA BISE

E STA METTENDO IN SUBBUGLIO TUTTO L'OSPEDALE.

"Stai tranquillo, Matteo, so che sei lì dentro, ci siamo quasi! Tieni duro!"
Con un cenno, Quasi Mamma Bise chiama un medico.
"Tu, sbrigati con quell'arnese che hai in mano! Aiuta mio figlio a uscire!" Poi si rivolge al piccolo: "Matteo so che sei lì dentro! Tieni duro! Se questi signori mi dessero retta saresti già fuori!"
L'ostetrica prova calmarla: "Signora, ci siamo quasi, continui a spingere, non si fermi!"

Quasi Mamma Bise risponde con un altro dei suoi urli. Un medico, che intanto ha messo delle cuffie antirumore per proteggersi, si avvicina a lei per aiutare il piccolo Matteo a uscire. Le grida aumentano, ma il medico non si fa intimidire. Quasi Mamma Bise continua a spingere.
"Forza, signora, non si fermi, ci siamo quasi!
Va bene così! Un altro piccolo sforzo!"

LE URLA SI INTERROMPONO. PASSA QUALCHE SECONDO DI SILENZIO. SI SENTE UNO SBUFFO, POI UN PIANTO.

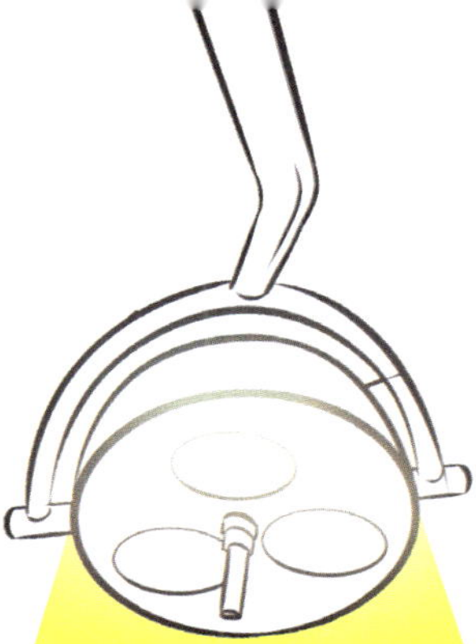

Quasi Mamma Bise, sfinita, solleva la testa e vede per la prima volta il piccolo Matteo. Fa un timido sorriso, poi spalanca gli occhi e si rivolge ai medici: "Ma che fate? Lo vedete che ha ancora il cordone ombelicale attaccato? Forza, non state con le mani in mano! Tagliatelo!"

L'ostetrica stringe delicatamente Matteo fra le sue braccia. Si avvicina a Quasi Mamma Bise e glielo porge. A quel punto lei lo prende vicino a sé e gli fa un sorriso. Matteo smette di piangere.

QUASI MAMMA BISE

È DIVENTATA

MAMMA BISE:

BENVENUTO MATTEO!

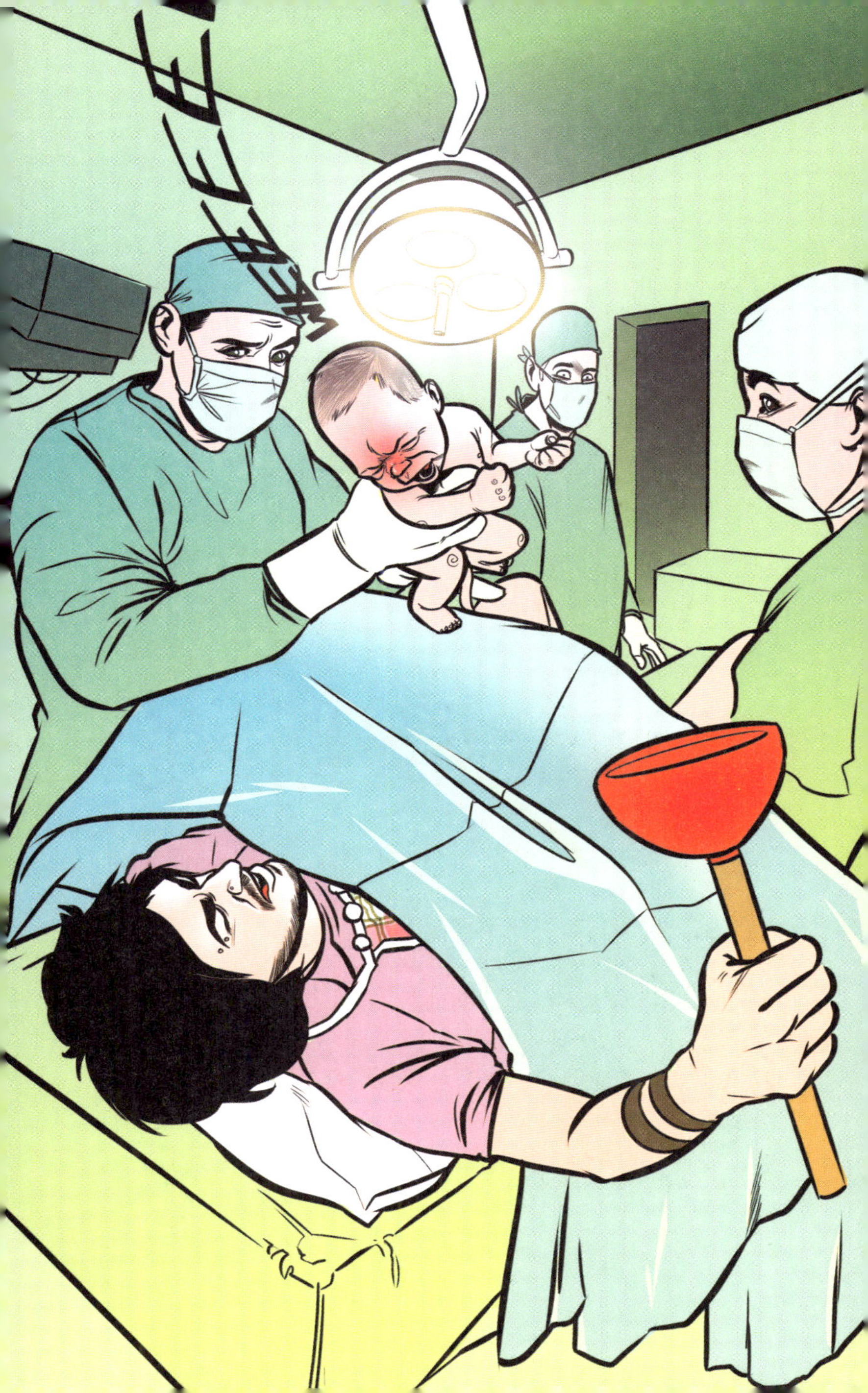
WEEEEE

2

MATTEO PARLA PER LA PRIMA VOLTA

Passano i primi mesi. La vita di Mamma Bise è stata tutt'altro che facile, ma quando nasce un bambino è sempre così. Matteo ha bisogno di mangiare ogni tre ore, così è da qualche mese che Mamma Bise non riesce a dormire per una notte intera. Inoltre è un bambino piagnucolone e si sveglia spesso nel mezzo della notte, fra urla e pianti. Anche questa notte, Mamma Bise si alza dal letto per andare a consolarlo. Il piccolo ha ancora il braccio arrossato perché qualche giorno fa ha fatto i primi vaccini. La mamma osserva la puntura con preoccupazione:

“NON MI PIACE” DICE FRA SÉ E SÉ “STA FACENDO INFEZIONE. FORSE DOVRANNO TAGLIARGLI IL BRACCIO. POVERO MATTEO.”

Ovviamente non succederà niente di tutto ciò, ma abbiamo già capito che tipo è Mamma Bise: una madre apprensiva, che si preoccupa per il suo bambino. Certe volte troppo! Passano i giorni, siamo nel pieno dell'estate. In casa c'è un caldo tremendo, però Mamma Bise ha paura di tenere le finestre aperte: potrebbe arrivare una corrente d'aria e far venire un raffreddore a Matteo. Il piccolo è sdraiato sul divano, circondato dai suoi primi giocattoli: il pupazzetto di un cane San Bernardo in miniatura, una pallina con la faccia di un mostro verde che sembra Frankenstein, di quelle che se le schiacci fanno rumore, e uno smartphone fatto di gomma morbida. Lo smartphone è l'oggetto preferito di Matteo: le sue manine incerte lo cercano di continuo e i lati del giocattolo sono tutti consumati dai suoi primi dentini.

Il divano è girato verso la cucina, di modo che Mamma Bise non perda d'occhio il suo piccolo nemmeno per un attimo. Così, con un occhio al salotto e uno ai fornelli, Mamma Bise parla al suo bambino: "Matteooooo! Indovina cosa ti sta preparando la mamma? Vuoi indovinare? È una cosa morbida perché non hai ancora tutti i dentini e non puoi masticare.

È una cosa nutriente e salutare,

così iniziamo a mangiare qualcosa di diverso, non sempre latte materno. Ma soprattutto è una cosa **buonissima!**" Mamma Bise si gira sorridente verso Matteo, roteando il mestolo:

"Dai, pensaci, l'hai già mangiato tante volte!

È il tuo piatto preferito!

Soprattutto d'estate! Caldo ma al tempo stesso rinfrescante!"

Matteo risponde con un vagito che sembra una domanda. Mamma Bise va in salotto per prendere in braccio suo figlio. "Vieni, è l'ora della pappa!"

Il tavolo è già apparecchiato, di fronte c'è il seggiolone di Matteo. Tutto intorno al seggiolone ci sono delle vistose cinghie in cuoio.

Mamma Bise adagia il piccolo nel seggiolone e poi stringe le cinghie. "Ecco fatto" gli dice "così non scappi come l'altra volta. Ecco qui!" Al centro del tavolo c'è un pentolone fumante con un mestolo dentro. Mamma Bise toglie il coperchio.

"ECCO QUI MATTEO! MINESTRONE DI VERDURE!"

Matteo fa per scappare, ma le cinghie sono ben strette e resistono ai suoi sforzi. Allora si mette il ciuccio in bocca e lo stringe con la bocca e con i due dentini che gli sono spuntati. Ma Mamma Bise glielo toglie subito. "Eh no Matteo, adesso è l'ora della pappa!" Allora Matteo prova a tirare la tovaglia per buttare giù tutto, ma non è abbastanza forte. Intanto Mamma Bise ha già preso un'abbondante cucchiaiata di minestrone dal suo piatto e la sta avvicinando alla bocca di Matteo. Allora lui muove la testa, la chiude con tutte le sue forze, ma Mamma Bise insiste.

"L'AEROPLANO, MATTEO! LA NAVE CHE ENTRA IN PORTO! L'ASTRONAVE! LA NAVICELLA ALIENA! IL RAZZO! LA BOMBA ATOMICA!"

MATTEOOOOOOOO

E così, GNAM! Matteo ingoia un boccone di minestrone di verdure. "Be', hai visto? Hai visto che è buonissimo? E non solo, fa anche bene! Che dici Matteo?"
Il piccolo guarda sua madre, con gli occhi sempre più grandi. Poi apre timidamente la bocca: "Mine... minestone." Mamma Bise è emozionatissima: "Matteo le tue prime parole! Dimmi Matteo, dimmi! Minestrone e poi?"
Matteo continua: "Minestone... fa..."
"Continua, figliolo, continua!"
"Minestone... fa... schifo!" Mamma Bise fissa il bimbo: "Matteoooooooooo!" E interrompiamoci qua. Perché una cosa l'abbiamo già capita: il rapporto fra Mamma Bise e il suo piccolo Matteo sarà tutt'altro che pacifico!

MATTEOOOOOOOOOO

MINESTRONE...
...FA...
...SCHIFO!
OOOO!!!

3

QUANDO MAMMA BISE VA A FARE LA SPESA

Matteo è cresciuto. Ha messo tutti i dentini e ha imparato a mangiare da solo. Ha imparato a camminare e parlare. Insomma, è un ometto fatto e finito. Quest'anno, per il suo compleanno, Matt ha ricevuto una PlayStation, che era la console che desiderava più o meno da quando aveva conosciuto i videogiochi. Ora passa la maggior parte del suo tempo a giocarci in salotto. Forse è per questo motivo che Mamma Bise, in uno slancio di fiducia verso Matteo, ha iniziato a lasciarlo solo in casa. Oggi Mamma Bise deve andare a fare la spesa.

"Allora, Matteo, io esco, mi raccomando, come ti ho detto sempre, non aprire a nessuno."

Matteo è impegnato nella sua partita a FIFA e risponde tenendo gli occhi fissi sul televisore: "No, tranquilla, non apro a nessuno."

"Ma nessuno nessuno." Mamma Bise sottolinea il concetto: "Hai capito? A nessuno!"

"Ho capito, neanche ai Testimoni di Geova. Tranquilla mamma."

"Va bene bravo Matteo. Ciao a più tardi."

Così Mamma Bise, con un grande sforzo, esce di casa. La porta si chiude dietro di lei e Matteo continua la sua partita.

All'improvviso, qualcuno suona il campanello.

Matteo smette di giocare di colpo. Butta lo sguardo verso il citofono. "Chi sarà?" pensa il bambino.

QUANDO MAMMA BISE VA A FARE LA SPESA

"C'è qualcosa che non va. Io non aspetto nessuno e mamma è andata a fare la spesa. Chi può essere? Mah, niente di importante. Forse qualcuno che sta facendo volantinaggio, forse qualcuno che ha sbagliato citofono."

Matteo riprende a giocare, ma il citofono suona di nuovo.

"Allora non è un errore. Non è qualcuno che fa volantinaggio. Forse è un ladro. Anzi, non c'è nessun dubbio: è un ladro." Matteo inizia ad agitarsi.

"Il ladro ha visto mia madre uscire di casa e ha suonato per essere sicuro di non trovare nessuno."

"HA UNA MASCHERA E UN PIEDE DI PORCO. ENTRERÀ DA UN MOMENTO ALL'ALTRO, MI LEGHERÀ A UNA SEDIA E MI RUBERÀ LA PLAYSTATION."

"FORSE MI UCCIDERÀ."

Matteo ha messo il gioco in pausa e tende le orecchie verso la porta d'ingresso. Qualcuno è salito in ascensore, riesce a sentirlo dalla sua casa. La porta dell'ascensore si apre sul suo piano.

"I pirati" grida Matteo "questi sono i pirati. Hanno parcheggiato il galeone di fronte a casa e stanno entrando per prendere tutti i nostri gioielli e le nostre ricchezze." Matteo inizia a correre per la casa. "Mi rapiranno, mi taglieranno una gamba e al posto suo metteranno un palo di legno."

> "POI MI METTERANNO A PULIRE IL PONTE FINCHÉ NON SARÒ VECCHIO. E A QUEL PUNTO, DOPO UNA VITA DI SOFFERENZE, MI DARANNO IN PASTO AGLI SQUALI."

Poi, dal pianerottolo, arriva un rumore: qualcuno sta provando ad aprire la porta della sua casa.

"I terroristi, i terroristi" ripete Matteo disperato "sono arrivati qui, sono venuti per me, adesso mi prenderanno, mi daranno un mitra e mi manderanno a combattere nel deserto finché non sarò vecchio. E poi mi uccideranno. Aiuto! Stanno venendo a prendermi!"

LA PORTA DI CASA SI APRE DI COLPO.

Matteo si mette in ginocchio: "Vi prego, pietà, sono solo un bambino, non c'entro nien..." Poi Matteo guarda davanti a sé: sull'uscio di casa c'è Mamma Bise che lo osserva stupefatta. "Mamma!"

"Matteo, cos'hai, che è successo?"

"Pensavo che ci fosse qualcuno che voleva aprire la porta, pensavo che fossero i terroristi!"

"Ma no Matteo, ma che dici! Ero io che cercavo di aprire la porta, non trovavo le chiavi."

"Pensavo che fossero i pirati, mamma, mi sono spaventato tantissimo!"

E dite la verità, da bambini (e forse anche qualche anno dopo) a chi non è successa una cosa del genere?

4

IL PRIMO GIORNO DI SCUOLA

"Matteo, hai messo tutto nello zainetto? Il quaderno, il quadernino? La penna, la gomma, la matita? I pastelli colorati, l'evidenziatore? I libri? Hai preso i libri?"

"Mamma! Ma non ho nemmeno imparato a leggere!"

Stamattina Mamma Bise è più nervosa del solito. Ma è normale, perché oggi è un giorno speciale: è il primo giorno di scuola di Matteo. Per questo importante avvenimento, Mamma Bise si è preoccupata di ogni dettaglio. Matteo, che è stato svegliato due ore prima del suono della campanella per scongiurare qualunque possibilità di ritardo, indossa un grembiulino blu con colletto bianco, un paio di jeans e delle scarpe nuove. Le scarpe, acquistate un mese fa, sono rimaste dentro la scatola. Non si dovevano sporcare.

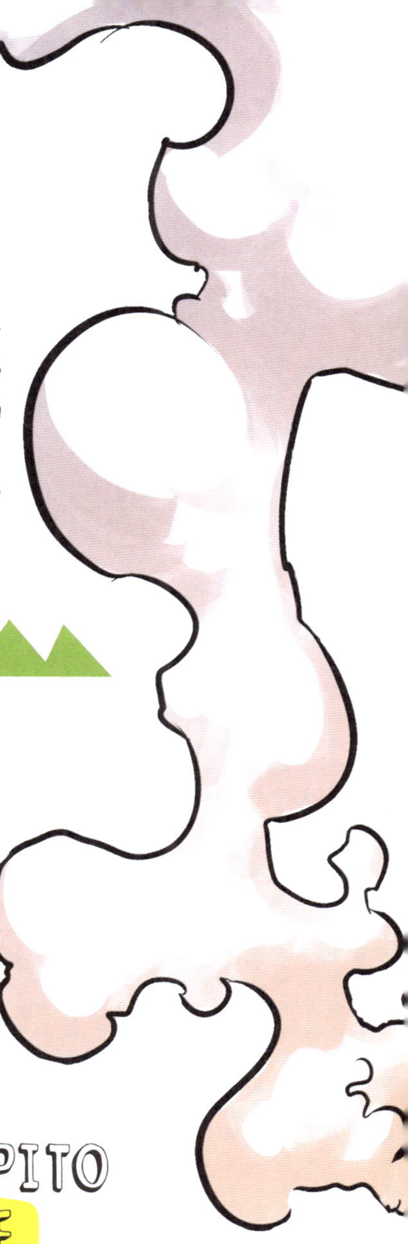

La capigliatura di Matteo è perfetta, Mamma Bise ha lavorato per dargli quanto più possibile un aspetto da bravo bambino.
Infine sulle spalle, Matteo ha uno zainetto pieno all'inverosimile.

LA METÀ DELLO SPAZIO DELLO ZAINO È OCCUPATA DA UN PORTAVIVANDE TERMICO RIEMPITO DI MINESTRONE ANCORA BOLLENTE.

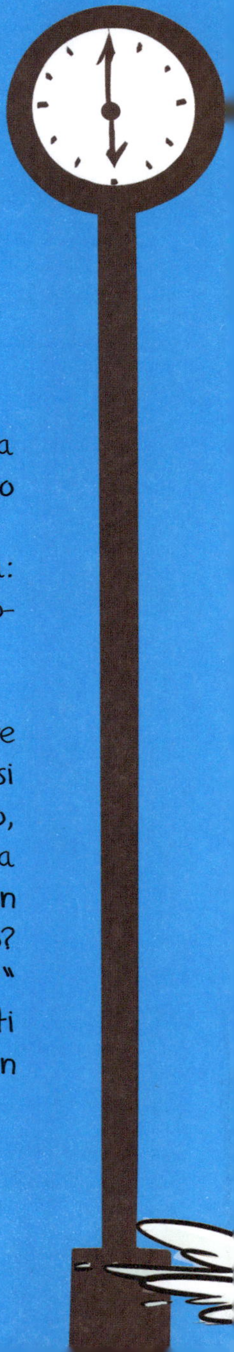

Matteo sente il calore della sua merenda che attraversa lo zaino e il grembiulino e ha già iniziato a sudare.
Mamma Bise è sulla porta che scalpita: “Matteo muoviti, è ora di andare a scuola! Siamo in ritardo!"
“Ma mamma, sono le sei del mattino!"
“Matteo non farmi arrabbiare, è sempre meglio uscire un po' in anticipo, non si sa mai cosa può succedere nel tragitto, dobbiamo attraversare una strada piena di macchine e poi dobbiamo passare in quel parco. E se piove e si allaga tutto? Vuoi arrivare in ritardo il primo giorno?"
“Ma mamma la scuola è a cinque minuti a piedi da qui!" “Certo, certo, arrivi in ritardo a scuola, poi sai che succede?"

“FINISCI ALL'ULTIMO BANCO, NON ASCOLTI LE LEZIONI, TI INTERROGANO, VAI MALE, TI BOCCIANO, LASCI LA SCUOLA E DIVENTI UN RAPPER! IL MIO MATTEO NON SARÀ MAI UN RAPPER!”

Matteo guarda sua madre allibito, lei rincara la dose: “E se io prendo una storta e dobbiamo andare più piano? Come la mettiamo? E se mi rapiscono gli alieni? Chi ti porta fino a scuola?”

Matteo sbuffa e guarda Mamma Bise: “Mamma, stai esagerando!”

Mamma Bise è inamovibile: “Forza Matteo, non farmelo ripetere!”

Così alle sei e un quarto del mattino, la mamma e suo figlio passeggiano per le vie della città. Le strade sono deserte, il sole sorge timidamente da dietro gli alberi. In lontananza si sente il cicalìo di un camion della spazzatura che raccoglie i rifiuti dai cassonetti. Un edicolante apre le serrande della sua attività e lancia uno sguardo stranito ai due.

"Senti che aria fresca, Matteo, da oggi in poi queste saranno le tue mattine! Ogni giorno, dal lunedì al venerdì! Poi sabato e domenica sveglia presto per fare i compiti a casa. Sei contento?"

"CONTENTISSIMO, MAMMA!"

Matteo e Mamma Bise continuano a passeggiare e si avvicinano all'edificio scolastico. È un ampio caseggiato che si sviluppa su un unico piano, tutto circondato da siepi e alberi. Su un lato si intravedono alcuni scivoli e un'altalena. L'entrata a vetri della scuola è ancora chiusa, il cancello di metallo è bloccato da un grosso catenaccio.
"Matteo, vieni, siamo quasi in tempo per l'apertura!"

UN'ORA E MEZZA DOPO, MATTEO E MAMMA BISE SONO ANCORA LÌ, DI FRONTE AL CANCELLO CHIUSO.

Lui è spettinato e ha gli occhi stralunati. Il minestrone si è raffreddato. Mamma Bise, preoccupata che quella fosse l'entrata sbagliata, ha fatto il giro dell'isolato e nel frattempo Matteo si è addormentato con la faccia sulla ringhiera della scuola. Così adesso una vistosa striscia di sporcizia gli attraversa una guancia, corre attraverso il grembiule e arriva fino ai jeans. A un certo punto, un signore, forse un bidello, si avvicina al cancello e con una chiave apre il lucchetto. Entra nella scuola e accende le luci. Passano i minuti e poco a poco arrivano altre persone che entrano nell'edificio.

Mamma Bise si inchina verso il figlio e gli stringe le spalle:

"BENE MATTEO, È ORA DI ANDARE!"

"Va bene mamma, ciao."

Ma Mamma Bise trattiene il figlio: "Ma che dici Matteo, aspetta! Non devi sentirti emozionato, vedrai poi per te sarà normale."

Matteo fa per divincolarsi: "Mamma, sono tranquillissimo! Ora vado lì, mi metto al primo banco e seguo le lezioni. Ciao."

"Matteo, aspetta! La mamma non ti sta abbandonando, sarò qui all'uscita di scuola ad aspettarti!"

"Lo so mamma, ora sta per suonare la campanella, devo and..."

Mamma Bise scoppia a piangere: "Matteo per favore non piangere! È un giorno importante, vedrai, te lo ricorderai bene, farai tante belle amicizie...!"

"... MATTEO SONO SOLO QUATTRO ORE, PASSERANNO PRESTO! MATTEEEOOOO!"

SCUOLE BISONI

MATTEO
PER FAVORE NON PIANGERE!
E' UN GIORNO IMPORTANTE, VEDRAI TE LO RICORDERAI BENE, FARAI TANTE BELLE AMICIZIE!
MATTEO SONO SOLO QUATTRO ORE, PASSERANNO PRESTO!
MATTEEEOOOO!

5

BISIN

Matteo sta attraversando i corridoi della sua nuova scuola, in cerca della classe I B. È stanco, ha le spalle appesantite dai libri e dal portavivande pieno di minestrone che Mamma Bise gli ha messo nello zaino. Matteo vede passare intorno a sé tantissimi bambini. Alcuni sono piccoli come lui, altri più grandi. Ci sono genitori, bidelli e maestre. I corridoi sono tutti riempiti di parole, voci e rumori. I muri sono pieni di cartelloni colorati. Alcuni dicono: "Primo giorno di lezione", altri dicono: "Benvenuti a scuola". A volte ci sono fogli più piccoli, tutti pieni di scritte. Poi armadi, sedie e porte chiuse. Matteo nota che i bambini piccoli come lui vanno tutti nella stessa direzione. Si unisce alla fila e poco dopo raggiunge un'aula.
Sulla porta c'è un foglio attaccato con dello scotch che dice: "I B".

È IL POSTO GIUSTO.

Matteo entra per la prima volta in quella che per i prossimi cinque anni sarà la sua classe. Si guarda attorno intimidito, come in cerca di facce amiche, ma non riconosce nessuno. Ci sono tanti bambini e tante bambine come lui. Alcuni piangono, altri sono tranquilli, certi singhiozzano e altri ridono. Il suo sguardo cade su una bambina con un grembiulino rosa e un fiocco rosso sui capelli. Istintivamente, porta la mano alla sua guancia per pulirsi la faccia.

POI LA SUA ATTENZIONE SI SPOSTA SU UN BAMBINO CHE GLI PASSA ACCANTO VELOCE CON UNO ZAINO GRANDE COME IL SUO.

Poi Matteo vede qualcosa con la coda dell'occhio e si gira verso la finestra. Da una siepe del giardino spunta Mamma Bise che stringe le mani e le scuote, come per incitarlo. Matteo alza gli occhi, sbuffa e va dall'altra parte dell'aula. Nella seconda bancata c'è un bambino, accanto a lui c'è un posto libero. Matteo si avvicina a quel posto: "È occupato?"
L'altro bambino non risponde e serra le labbra.

È PICCOLO COME MATTEO, HA GLI OCCHI E I CAPELLI NERI.

Prima di sedersi, Matteo si toglie lo zaino e con uno sforzo lo appoggia sopra il tavolo.
Poi si guarda intorno quasi annoiato, ormai conosce la situazione.
Si gira verso il suo compagno di banco:

"Ciao, io sono Matteo,
tu come ti chiami?"

Il bambino lo guarda come spaventato e serra ancora più le labbra. "Va tutto bene? Ti sei mangiato la lingua? Non hai ancora imparato a parlare?"
L'altro bambino lo guarda di nuovo e stavolta non ce la fa più: scoppia in lacrime. Matteo lo guarda e alza le mani: "Scusa, dai, non volevo!" Poi prosegue: "Oggi è un giorno difficile per tutti, da oggi inizia la scuola. Niente più sveglia alle undici, niente più videogiochi la mattina, solo compiti, libri, quaderni e..." A quel punto il bambino lo interrompe con un singhiozzo e continua a piangere, sempre più forte.

"HAI RAGIONE, HAI RAGIONE, COLPA MIA, **HO SBAGLIATO TUTTO!**"

POSSIAMO MANGIARE UN PO' DI MINESTRONE
MA IL MINESTRONE... IL MINESTRONE FA SCHIFO!
SNIFF SNIFF
STUFATO DI CAVOLO?!
SNIFF
PIACERE, IO MI CHIAMO BISINO
Bisino

Matteo si guarda intorno, poi apre il suo zaino. Toglie il portavivande e lo apre: "Senti, io qui non ho nient'altro, però se vuoi possiamo mangiare un po' di minestrone." A quel punto il bambino smette di piangere e butta gli occhi sul minestrone. Poi guarda Matteo:

"Ma il minestrone...
Il minestrone fa schifo!"
Matteo gli fa un sorriso: "Eh lo so!"
A quel punto, il bambino apre il suo zaino e toglie un altro portavivande, lo appoggia sul tavolo e lo apre di fronte a Matteo: dentro c'è dello stufato di cavolo.
Matteo guarda quel portavivande così simile al suo. In quel momento il piccolo compagno di banco si gira verso Matteo e tende la sua mano:

"PIACERE, IO MI CHIAMO BISINO."

6

QUANDO TI DIMENTICHI LA SCIARPA

Matteo e Bisino sono diventati compagni di banco e hanno stretto amicizia. Poco a poco, per i due bambini la scuola è diventata un'esperienza sempre meno traumatica. La sveglia presto, i libri, le maestre, il lavoro e i compiti a casa stanno diventando lentamente un'abitudine. Certe cose vanno persino meglio: ad esempio Matteo ha convinto Mamma Bise a mettere la sveglia alle sei e mezza anziché alle sei. Dal canto suo, Bisino ha convinto la madre di smetterla con lo stufato di cavolo, soprattutto dopo che una maestra un po' sensibile, all'apertura del portavivande, è svenuta per l'odore devastante del cavolo.

ADESSO BISINO ARRIVA A SCUOLA CON UN PIÙ PRATICO TORTINO DI ZUCCHINE ACCOMPAGNATO DA UN BICCHIERE INCELLOPHANATO DI BRODINO DI VERDURE.

Oggi è domenica, e questo pomeriggio Matteo e Bisino si sono dati appuntamento al parchetto vicino a casa per fare due tiri a pallone. È una giornata di autunno più calda del solito, uno degli ultimi momenti per approfittare del sole e dell'aria aperta. Da lì a poco, le giornate si accorceranno sempre di più, arriverà l'inverno e le partite di calcio al parco dovranno aspettare i primi giorni della primavera.

A dirla tutta, oggi per giocare una vera partita mancano le squadre. Matteo e Bisino si sono messi in un prato a giocare a passaggi.

Quando ti dimentichi la sciarpa

"GUARDA QUESTO TIRO!"

"NON MALE, GUARDA QUESTO, COLLO PIENO!"

I due amici continuano con i loro passaggi. A ogni calcio al pallone, le scarpe di Matteo – le stesse che ha messo il primo giorno di scuola – si sporcano sempre di più, così come la maglietta di Bisino: ogni stop di petto lascia sul bianco della t-shirt un nuovo segno. Ma chi se ne importa, la giornata è bella, l'atmosfera è tranquilla, rilassante. Proprio vicino a Matteo e Bisino, alcune signore stanno gustando in tutta serenità una tazza di tè. Sono sedute sull'erba, attorno a una tovaglietta dove sono state ordinatamente riposte una teiera, delle tazzine e un piattino con sopra dei cubetti di zucchero di canna.

Nell'istante in cui una delle signore ripone il cucchiaino con il quale ha mescolato lo zucchero nel tè, un tiro a effetto di Matteo passa radente alla tovaglietta, sparecchiandola del tutto. Una buona quantità del tè che stava in una tazza si riversa caldissimo sulle gambe di una delle signore. Matteo e Bisino assistono alla scena e rimangono di sasso. Una delle signore si gira verso di loro, furente.

Dai suoi occhiali a forma di occhio di gatto lancia uno sguardo carico di rabbia e prende il respiro per lanciare il suo rimprovero contro i due bambini.

Matteo ha già capito che dovrà lasciare lì il pallone, che le signore lo tratterranno come un trofeo di guerra, così si prepara a subire la lavata di capo. Quando la signora lancia il suo primo grido, una specie di "Bambiniiiii!" un po' strozzato, la terra inizia a tremare.

Gli uccellini volano via, il cielo si oscura.

MATTEO E BISINO ALZANO LA TESTA PER CAPIRE COSA STA OSCURANDO IL CIELO: **È UN'ONDA GIGANTESCA.**

QUANDO TI DIMENTICHI LA SCIARPA

UNA MASSA D'ACQUA ENORME, CHE STA TRAVOLGENDO LE SIGNORE E QUEL CHE RESTAVA DEL LORO TÈ SULL'ERBA.

Matteo e Bisino iniziano a correre, terrorizzati. All'improvviso, dalla cima dell'onda sentono arrivare un urlo: "Maaatteeeeeooooo!"

A cavalcare l'onda sopra un'asse da stiro c'è Mamma Bise: "Maaatteeeeeoooo, ecco dov'eri! Ti stavo cercando!"

Matteo e Bisino corrono disperati: "Mamma ma che fai? Perché sei sopra quell'onda?"

Mamma Bise toglie dalla tasca del grembiule una sciarpa: "Ti sei dimenticato questa! Vuoi prenderti un malanno e stare una settimana a letto?"

Intanto l'onda ha già travolto alcuni alberi e si avvicina minacciosamente a Matteo e Bisino, che continuano a correre: "Mamma, ma c'è caldo, non sto nemmeno sudando! E poi spiegami una cosa: da dove arriva quell'onda?"
Mamma Bise alza ancora di più la voce: "E me lo chiedi pure? Hai dimenticato il rubinetto del lavandino aperto!"

"ADESSO PRENDETE QUESTE, SALITECI SOPRA!"

A quel punto, Mamma Bise, Matteo e Bisino cavalcano l'onda tutti insieme, finché l'acqua non arresta la sua corsa nel laghetto del parco. Poi Mamma Bise si avvicina a Matteo e gli mette la sciarpa: "Ecco! Stavi già prendendo freddo! Non siamo più in estate!"

7

QUANDO INVITI UN AMICO PER PRANZO

È da poco passata l'una di pomeriggio. Matteo e Bisino sono appena usciti da scuola e passeggiano insieme verso casa di Matteo.

"Matt, sei sicuro che non disturbo?"

"Ti ho già detto di no, dai."

"Ma sicuro sicuro sicuro?"

"Sìiiii! Vai tranquillo!"

"Ma l'hai avvisata tua madre?"

"No ma non preoccuparti, deve solo aggiungere un piatto a tavola, che ci vuole."

"Grazie, sei troppo gentile."

"Aspetta a ringraziarmi, oggi è mercoledì e il mercoledì a casa mia si mangia minestrone, non ci piove. Mercoledì vuol dire minestrone. E visto che ci sei tu, forse mamma ci lascerà bere mezzo bicchiere di Coca-Cola."

“TUA MAMMA È CONTRO LA COCA-COLA?”

“Ma no, sai com’è, vuole farmi crescere bene, ingredienti sani, senza zucchero, senza olio di palma, pesticidi, solo bio e tutto il resto, quindi le bibite a casa non le bevo quasi mai. Solo per le occasioni speciali.”
“Occasioni speciali?”
“Ma sì: compleanni, ospiti, bei voti a scuola. Cose rare, insomma.”
“Comunque per me va bene Matt, anzi grazie per avermi invitato a pranzo da te.”
“E che facevo, ti lasciavo lì di fronte a scuola come un cagnolino abbandonato? Tua madre ha avuto un imprevisto e tu vieni a mangiare da noi! Anzi, mi fa piacere, così Mamma Bise ti conosce, visto che mi chiede sempre di te.”

Così, dopo una passeggiata di qualche minuto, i due amici arrivano di fronte al palazzo dove abita Matteo. Matteo schiaccia il dito sul citofono. "Chi è?" "Mamma, sono Matteo, apri!"

"MA DOV'ERI? SBRIGATI A SALIRE, IL MINESTRONE SI STA GIÀ RAFFREDDANDO, POI LO SAI CHE PERDE LE SUE QUALITÀ NUTRIZIONALI!"

Matteo si gira verso Bisino e fa una faccia come a dire "te l'avevo detto", poi si volta di nuovo verso il citofono: "Sì mamma, senti una cosa però, qualità nutrizionali a parte, c'è qui con me Bisino, la mamma non può venire a prenderlo, può restare a mangiare da noi?"

"Matteeeeeooooooo! Ma comeeeee! Perché non mi hai avvisato prima? Ho la casa tutta sporca, non c'è niente da mangiare, ma che figure mi fai fare?"
"Mamma, stai tranquilla, Bisino mangia lo stufato di cavolo tutti i giorni! Mangiamo una cosa al volo e poi andiamo a giocare alla PlayStation! Adesso apri, facci entrare."
Matteo sente il cicalìo della serratura del portone che si apre e spinge la porta per entrare.

Poi si ferma di fronte all'ascensore e schiaccia il pulsante della chiamata.
"Vedrai" dice rivolgendosi a Bisino "un po' di Coca-Cola ce la farà bere."
Dopo aver preso l'ascensore, i due si avvicinano alla porta di casa di Matteo, che è socchiusa. Bisino si gira verso il suo amico: "Che buon profumo! Mi sta venendo l'acquolina in bocca. Ma sei sicuro che tua madre ha fatto solo il minestrone?"
Appena prima di entrare in casa, Matteo sorride sicuro e si rivolge a Bisino: "Ma guarda, lascia perdere, sono quasi sette anni che la conosco! Il minestrone di mercoledì lo mangio fin da quando mi sono spuntati i denti. Anzi, pure prima, lei metteva tutto nel frullatore e via. Il profumo arriverà dalla finestra del vicino che fa sempre le..."
Poi Matteo si gira di colpo e vede la cucina.
Tutto è bianco, luminoso.

QUANDO INVITI UN AMICO PER PRANZO

Gli elettrodomestici della cucina brillano pulitissimi, il lavabo riflette i raggi del sole che entrano dalla portafinestra. La tavola, arredata con una tovaglia bianca che arriva fino al suolo, è imbandita all'inverosimile: risotto di funghi e salsiccia, spaghetti alla carbonara e tortelloni al prosciutto affogati nel sugo.

E POI I SECONDI: DUE FIORENTINE COTTE AL SANGUE E ADAGIATE SU UN LETTO DI LATTUGA, HAMBURGER DI MANZO SPESSI DUE DITA.

E tutto intorno patatine fritte, olive fritte, mozzarelline fritte, supplì fritti, filetti di baccalà fritti.
E ancora i salumi: prosciutto crudo, prosciutto cotto, pancetta normale e pancetta coppata, salame, salsiccia, mortadella fatta a fiorellini.
Dal soffitto pendono ghirlande a cui sono appesi frutti esotici: ananas, avocado, manghi e banane.

Matteo non può credere ai suoi occhi, ha le mani nei capelli: "Ma... mamma... cinque minuti fa avevi detto che c'era il minestrone, che si stava raffreddando... non capisco."
"Ho tolto due cose dal freezer e le ho scaldate, che poi altrimenti il tuo amichetto se ne va da casa con la fame! E non va mica bene!"

"MA MAMMA, SONO SETTE ANNI CHE MI FAI MANGIARE ERBA E COSE SENZA SALE! IO QUESTA ROBA L'AVEVO VISTA SOLO IN TELEVISIONE!"

Matteo, hai sempre voglia di scherzare, non dire stupidaggini! Adesso lavatevi le mani e venite a tavola e... Ah dimenticavo, cosa volete da bere?"
E dopo aver posto la domanda, Mamma Bise con una mano spalanca il frigorifero: dentro ci sono bottiglie formato famiglia di Coca-Cola, Fanta, Sprite e Chinotto.
Bisino è contentissimo: "Matteo, non mi avevi mai detto che tua madre era una gran cuoca!"
Mamma Bise sorride: "Matteo, il tuo amichetto è davvero simpatico, dovresti farlo venire più spesso!"

MA...MAMMA... CINQUE MINUTI FA AVEVI DETTO CHE C'ERA IL MINESTRONE, CHE SI STAVA RAFFREDDANDO... NON CAPISCO!
HO TOLTO DUE COSE DAL FREEZER E LE HO SCALDATE, CHE POI ALTRIMENTI IL TUO AMICHETTO SE NE VA DA CASA CON LA FAME! E NON VA MICA BENE!

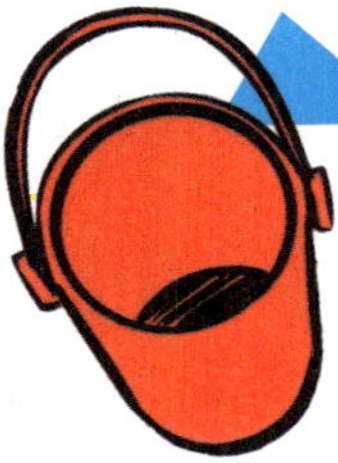

8

AL MARE CON MAMMA BISE

L'anno scolastico è finito. Matteo ha da poco finito la scuola ed è uscito indenne dalle ultime interrogazioni dei professori. Certo, ha già capito che la matematica non è la sua materia preferita, però per quello c'è Bisino, sempre pronto ad aiutarlo. Insomma, in generale i voti non sono stati così negativi e Matteo può godersi un po' di vacanze.
Per quest'anno, Mamma Bise ha deciso di portare suo figlio al mare, prendendo in affitto per una settimana un piccolo appartamento a Spotorno, un paesino sulla costa ligure. Mamma Bise e Matteo passano la maggior parte del loro tempo in spiaggia. Mamma Bise può finalmente rilassarsi: non deve pensare tutti i giorni a cosa preparare per pranzo, non ha la cucina da pulire e non deve obbligare Matteo a fare i compiti.
Dal canto suo, il piccolo Matteo può giocare con la sabbia, buttarsi in acqua e fare amicizia con nuovi bambini. Ma le cose non stanno andando come dovrebbero.

MAMMA! NON TOCCO PIU'! MAMMA! NON TOCCO PIU'!
NON PREOCCUPARTI MATTEO, TI SALVO IO!
SCHERZETTO!
CENSORED

AL MARE CON MAMMA BISE

Mamma Bise è seduta comodamente sopra una sdraio all'ombra di un ombrellone non troppo grande. Ha lo sguardo perso dentro una rivista di gossip. Senza alzare gli occhi, come per un riflesso automatico, inizia a urlare:

"MATTEEEEEOOOOO! MATTEEEEEEOOOOO! DOVE SEI? CHE FAI?"

Matteo è in riva al mare, accanto a lui c'è una bambina che gioca con una palla. Lui è da un po' che prova a farsi notare, così fa finta di non sentire i richiami di Mamma Bise. Ma Mamma Bise non è una tipa che demorde facilmente.
Senza togliere lo sguardo dal giornale, continua a chiamare: "Matteeeeooo! Rispondimi! Ma ti sei già tolto la maglia? Te la sei tolta?

Non toglierti la maglia che poi ti ustioni!" Matteo si volta di scatto: "Mamma! Sì! Ho tolto la maglia e ho anche messo la crema! Ora leggi la tua rivista e stai tranquilla!"

In tutta risposta, Mamma Bise lancia un altro urlo: "Va bene! Ma non allontanarti troppo."
Matteo torna ad avvicinarsi alla bambina, che intanto si è seduta sul bagnasciuga. Lui si avvicina con fare titubante. La bambina si gira verso di lui e gli fa un timido sorriso.
Matteo, rassicurato da quel sorriso inaspettato, fa per sedersi accanto a lei, quando all'improvviso un altro urlo di Mamma Bise lo travolge: "Matteeeeeeoooo! Stai giocando con la sabbia, vero? Stai disturbando? Stai schizzando i bagnanti? Smettila Matteo!"
A quel punto Matteo si alza di colpo: "Mamma! Non sto facendo niente!" La bambina, colpita e quasi spaventata dallo scatto improvviso di Matteo, prende la palla e si allontana con un'espressione un po' disgustata.
Matteo la guarda allontanarsi e sbuffa. Poi guarda Mamma Bise, ancora con il naso dentro la solita rivista.

COSÌ, MATTEO DECIDE CHE È ORA DI FARLE UNO SCHERZO.

AL MARE CON MAMMA BISE

Dopo essersi guardato intorno, Matteo va verso l'acqua, preoccupandosi bene di informare Mamma Bise dei suoi spostamenti: "Mamma! Sto andando a fare il bagno!"
Dopo qualche minuto, approfittando del fatto che la spiaggia è mezza deserta, inizia a gridare:

"MAMMA! NON TOCCO PIÙ! MAMMA! NON TOCCO PIÙ!"

Appena sente le urla di aiuto, Mamma Bise alza di colpo gli occhi e in mezzo secondo individua il suo Matteo. Fa volare via la sdraio e inizia a correre verso di lui: "Non preoccuparti Matteo, ti salvo io!"
Non si toglie neanche il grembiule e quando si lancia in acqua ha ancora la rivista in mano.
Mentre nuota verso il figlio continua a gridare: "Matteo tieni duro! La mamma è qui!"
E proprio un attimo prima di essere raggiunto, Matteo si alza in piedi di colpo: non sta affogando e in quel punto l'acqua arriva poco sopra il costume.

E per sottolineare il suo gesto, scandisce una sola parola: "Scherzetto!" Da qui in poi succede quello che tutti ci aspettiamo che succeda e che per ovvi motivi occorre censurare. Dopo un'ora troviamo di nuovo Mamma Bise impegnata a leggere la sua adorata rivista ancora fradicia.

Matteo è accanto a lei, chiaramente infastidito. Sta seduto sopra il suo asciugamano, è quasi l'una del pomeriggio e i raggi del sole cadono a picco su di lui. Lo spazio sotto l'ombrellone non è abbastanza, così deve decidere se mettere all'ombra la testa o i piedi. A quel punto, Mamma Bise si gira verso Matteo con un grande sorriso, come per fare pace: "Matteo, ti va una caramella?"

Matteo la guarda dubbioso. Poi, con un fare esitante, prende una delle caramelle che Mamma Bise gli ha offerto e la mette in bocca.
Mamma Bise non smette di guardarlo: "Matteo stai mangiando la caramella? È buona?"
Matteo tira un sorriso: "Sì, mamma, è buonissima, grazie!" "L'hai inghiottita?" "Sì, proprio adesso."
"Bravo! Adesso non potrai fare il bagno per

QUATTRO ORE!"

9

QUANDO VAI A FARE LA SPESA CON TUA MADRE

Da quando Matteo ha lasciato il rubinetto del bagno aperto causando un'onda anomala gigantesca che ha distrutto il parco vicino al suo condominio, Mamma Bise non si fida più a lasciarlo solo a casa, visto che teme che possa combinare altri guai. Per questo motivo, quando Mamma Bise esce, Matteo è sempre con lei. Per Matteo non va troppo male, in fondo Mamma Bise non esce troppo spesso. C'è solo un momento in cui per lui le cose diventano insopportabili: il giorno della spesa.

Da brava amministratrice domestica, Mamma Bise fa tutti i calcoli più complessi per capire in quale preciso momento del mese andare al supermercato, quel momento mitico in cui scarsa affleunza e prezzi bassi si fondono, quelle ore in cui le lattughe sono più buone e il pesce è più fresco.

Dopo aver analizzato attentamente tutti i volantini che ha trovato nella sua cassetta delle lettere, realizzando grafici probabilistici sul prezzo dell'olio d'oliva e applicando derivate e integrali agli sconti sul prosciutto crudo,

MAMMA BISE HA TROVATO IL GIORNO GIUSTO PER FARE LA SPESA.

E quel giorno è oggi. Matteo l'ha appena saputo e sta già sudando freddo: ha appreso la notizia durante la sua sessione di gioco a Metal Gear Solid 2 e non riesce più a sorprendere i soldati com'era abituato a fare. È deconcentrato, quasi terrorizzato. Quando vai al supermercato con Mamma Bise sai quando entri, ma non sai quando esci.

"Matteeeeoooo!"

"Sì mamma, fammi salvare!"

"Matteo sbrigati, dobbiamo andare al supermercato, dai che poi chiude!"

"Mamma, ma sono le tre del pomeriggio, il supermercato chiude alle dieci!"

QUANDO VAI A FARE LA SPESA CON TUA MADRE

"Abbiamo tante cose da comprare, chiudi quel gioco con i soldati e mettiti le scarpe."

"Va bene mamma, arrivo."

E così Matteo e Mamma Bise vanno al supermercato. Matteo capisce subito che non sarebbe stato un pomeriggio facile quando...

...MAMMA BISE ENTRA NEL CENTRO COMMERCIALE CON TRE CARRELLI CONTEMPORANEAMENTE.

Poi si gira verso il figlio e gli dice: "Senti Matteo, tieni un euro, vai a prendere un altro carrello, che non si sa mai." La strana coppia attraversa il supermercato così: Mamma Bise che spinge tre carrelli (uno per mano e il terzo con un piede, scelta che le permette di tenere un'andatura saltellante mentre attraversa le corsie), Matteo un po' più indietro, con il quarto carrello, che però è collegato attraverso una catenella agli altri tre. Questo perché Matteo non si perda e non resti indietro.

ORTAGGI
12:40
21:30
22:17
00:40

ORTAGGI

QUANDO VAI A FARE **LA SPESA** CON TUA MADRE

Mamma Bise inizia la sua spesa: inforca gli occhiali e lascia scorrere un papiro lungo due metri e scritto con una grafia minuscola, poi inizia a muoversi per le corsie con la precisione di Solid Snake: Scottex, rotoli di carta igienica, salviette rinfrescanti, fazzolettini, piatti di plastica e bicchieri. Coltelli di plastica antitaglio, cucchiai, cucchiaini e forchette. Teglie in alluminio di tutte le dimensioni, rettangolari, quadrate e rotonde. E siamo solo al reparto casalinghi.

"MAMMA, POI MI SPIEGHI A COSA TI SERVE TUTTA QUESTA ROBA VISTO CHE PREPARI SOLO IL MINESTRONE."

"Matteo, non si sa mai, metti che viene qualche tuo amico."
"Ah, certo..."
"E queste cose sono in offerta, bisogna approfittarne!"
Dopo dieci minuti, il primo carrello è già pieno.
A Matteo sembrano passate delle ore, tanto che domanda a sua madre: "Ma quanto manca?"

Ma Mamma Bise non sente nemmeno, ha appena notato l'offerta sui peperoni rossi e sui finocchi: se ne compri cinque chili (non un grammo di più, non uno di meno) avrai il venti per cento di sconto. Così Mamma Bise è di fronte alla bilancia e prova ogni combinazione di peperoni per raggiungere il peso giusto. Dopo un po' decide di barare, aggiungendo fagioli biologici. Dietro di lei c'è una fila enorme.
Matteo insiste:

"MAMMA, MA QUANTO MANCA?"

DUE ORE DOPO, MAMMA BISE È IMPEGNATA A VALUTARE IL DETERSIVO MIGLIORE PER LA PELLE E PER LA SICUREZZA DELLA FAMIGLIA.

Per scegliere con più sicurezza, improvvisa in una bacinella appena comprata il lavaggio a mano di uno dei suoi grembiuli.
Matteo guarda di fronte a sé: c'è un intero reparto macelleria da attraversare. Poi ci sarà la pescheria, il banco frigo per i formaggi e gli yogurt.
E poi l'acqua, e poi ancora arriverà il momento della scelta del pane...

E poi ci sarà da tornare indietro e rifare tutto, perché di sicuro Mamma Bise avrà dimenticato qualcosa.
Nella testa di Matteo, le lancette dell'orologio iniziano ad assomigliarsi, a confondersi, come se stessero girando all'impazzata.
Dalle finestre del supermercato vede la luce del sole piegarsi per poi sparire e poi tornare di nuovo, e poi ancora.

GLI SEMBRA QUASI DI VEDERE GLI ALBERI PERDERE LE FOGLIE E POI FIORIRE DI NUOVO.

"Ma quando sono entrato quel palazzo era già lì?" pensa Matteo, mentre Mamma Bise è presa dall'annoso dilemma fra la qualità senza risparmio o il risparmio senza qualità. Il tempo continua a passare, Matteo non chiede più nemmeno quanto tempo manca. Si trova con sua madre a fare l'ennesima fila, non sa nemmeno se è alla cassa o al banco salumi.

Poi, all'improvviso, come a svegliarlo da un sogno, arrivano due parole magiche: "Grazie, arrivederci." Per Matteo è come un risveglio. Subito dopo le porte scorrevoli si aprono e l'aria fresca della strada entra nei suoi polmoni, quasi come se fosse la prima volta che la respira dopo anni. Ed è proprio così.

GUARDANDOSI NEL FINESTRINO DI UNA MACCHINA PARCHEGGIATA, MATTEO SI STUPISCE DI SCOPRIRSI GIÀ

ADOLESCENTE.

GRAZIE, ARRIVEDERCI
MA...MA... SONO ADOLESCENTE!

10

QUANDO TUA MADRE TI SVEGLIA

"MATTEEEEEEOOOOOO!
MATTEEEEEEOOOOOO!
MATTEEEEEEOOOOOO!"

Matteo apre gli occhi di colpo: Il suo letto è circondato da casse alte un metro. Di colpo parte una musica assordante, un suono distorto che può essere interpretato come musica metal. Sopra le casse ci sono delle campane che hanno iniziato a dondolare ognuna per conto suo, aggiungendosi al frastuono creato dalle casse. Subito dietro, grazie al filo di luce che filtra attraverso le avvolgibili semiabbassate, Matteo intravede un'ombra.

QUEST'OMBRA INDOSSA UN GREMBIULE E HA UNA PADELLA E UN MESTOLO IN MANO.

Di colpo, l'ombra inizia a sbattere padella e mestolo una contro l'altro, continuamente. Poi un nuovo urlo: "Matteeeeoooooo! Svegliati! È ora di alzarsi, Matteeeoooooo! Sono già le sette e mezza! Arrivi in ritardo!"

Con la vista ancora sfocata e la bavetta alla bocca, Matteo fa uno sforzo enorme per sollevare la testa e girarsi verso la radiosveglia. I numeri rossi brillano nell'oscurità della stanza: sono ancora le 6:45 del mattino.

MATTEEEEOOOOOO! SVEGLIATI! È ORA DI ALZARSI, MATTEEEEOOOOOO! SONO GIÀ LE SETTE E MEZZA! ARRIVI IN RITARDO!
CRISTIANO BISALDO
MA MAMMA... CHE DICI... NON SONO NEMMENO LE SETTE...

QUANDO TUA MADRE TI SVEGLIA

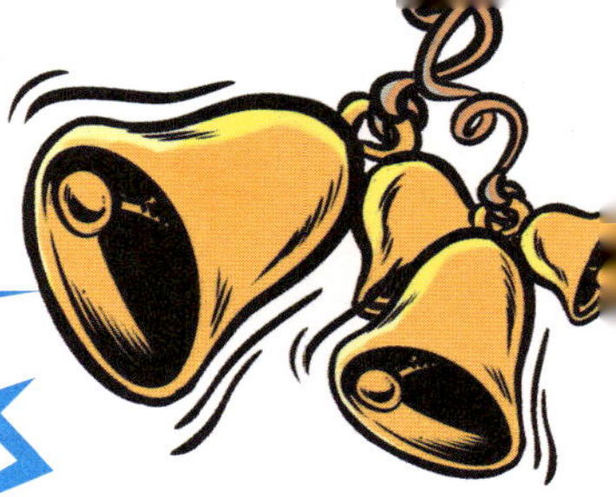

Con la voce rauca e il naso pieno, con la sola voglia di dormire per altri dieci minuti, Matteo prova a difendersi: "Ma mamma... che dici... non sono nemmeno le sette..."
Ma la risposta è spietata: "Matteo! Non farmelo ripetere! Adesso alzati!"
Matteo prova a insistere: "Per favore mamma, altri cinque minuti!"
Mamma Bise non ha pietà: "Matteo, se fai così mi costringi ad alzare le tapparelle."
Matteo inizia a piagnucolare:

"MAMMA, NO! LE TAPPARELLE NO!"

Ma Mamma Bise si è già avvicinata alla finestra della stanza di Matteo. Il sorriso che ha sul volto non lascia dubbi su quello che sta per succedere.

"SÌ MATTEO, LE TAPPARELLE SÌ."

E con un gesto rapidissimo, Mamma Bise tira la fascia accanto alla finestra: di colpo la stanza si illumina di una luce fortissima, accecante.
Investito dalla luce bianca, assordato dalla musica e dalle campane, che intanto non hanno smesso di rimbombare nella stanza, Matteo si rivolta da una parte all'altra del letto e inizia a gridare: "Ma mammaaaa! Ma da dove arriva questa luce, fuori dovrebbe essere ancora notte!"
Mamma Bise risponde per le rime: "Ho installato dei fari in terrazzo! Dei fari che arrivano direttamente nella tua stanza! Svegliaaaa!"
"Mammaaaaa!"
"Matteeeeoooo!"
"Mammaaaaa!"
"Matteeeeoooo! Smettila di urlare! Poi i vicini si lamentano!"
"Ma mamma, stai urlando anche tu!"
E Mamma Bise, senza abbandonare il suo sorriso:
"Ma io posso!"

11

QUANDO TI FINGI MALATO PER NON ANDARE A SCUOLA

Siamo in primavera inoltrata. Come tutte le mattine, Mamma Bise entra in camera di Matteo, pronta per svegliarlo per andare a scuola. Ormai Matteo frequenta le scuole medie e la sua voglia di studiare non è aumentata, tutt'altro. Mamma Bise spalanca la porta, stringe in mano lo stereo che ha adottato dopo l'abbandono delle casse alte un metro, poco pratiche quando deve passare l'aspirapolvere, ed è pronta a schiacciare il tasto play e far partire il cd dei System of A Down. Ma la scena che le si presenta la fa desistere.

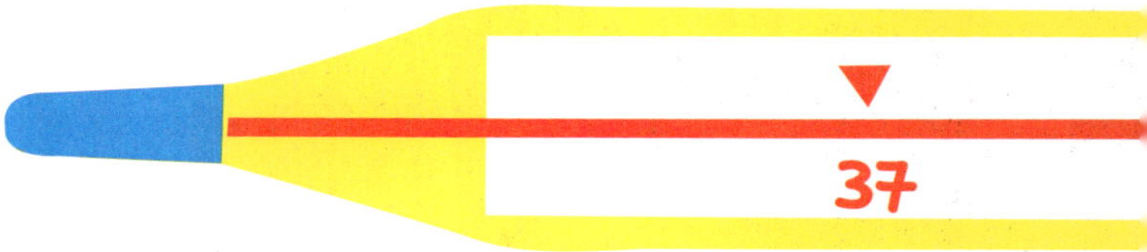

La lampada sul comodino accanto al letto è accesa, le lenzuola sono appallottolate in un angolo e Matteo è seduto sul letto, imbacuccato dentro a un piumone che lascia intravedere solo la testa.

IL VOLTO È MEZZO COPERTO DA UNA CUFFIA E DAGLI OCCHIALI DA SCI.

Mamma Bise posa lo stereo in corridoio e si avvicina allarmata al figlio: "Matteo! Che c'è? Non ti senti bene?"
Dopo qualche secondo di stallo, dentro il piumione qualcosa lentamente si muove e poco dopo ne esce una mano esitante che stringe un termometro.
Lentamente, senza parlare, Matteo porge il termometro a Mamma Bise.

QUANDO TI FINGI MALATO PER NON ANDARE A SCUOLA

Lei lo prende e osserva la temperatura: "Matteo, ma tu hai la febbre a trentanove e otto! Non ti senti bene povero il mio Matteuccio! Non puoi andare a scuola, assolutamente! E guarda un po', proprio oggi che devo stare fuori tutto il giorno!"
Matteo azzarda una risposta, come se dovesse fare uno sforzo immane. Ne esce una voce rauca, quasi incomprensibile: "Non… ti… preoccupare… vai… pure."
Mamma Bise osserva Matteo:

"MATTEUCCIO MIO, MA SEI SICURO CHE NON VUOI CHE RESTI A CASA?"

"No… mamma… stai… tranquilla."
A quel punto si sente venire da fuori il rumore di uno scroscio d'acqua, come se qualcuno avesse gettato un grande sasso in uno stagno.

Mamma Bise si gira di colpo verso la finestra: "Che succede là fuori?"
E fa per alzarsi per andare a controllare.
Ma Matteo la ferma con un grido soffocato:
"Heeeeehhh!"
L'attenzione di Mamma Bise torna di colpo verso Matteo: "Matteo! Matteo! Che c'è?"
"Niente mamma... niente. Adesso vai che poi fai tardi per le commissioni, vai"

Mamma Bise osserva Matteo per un attimo, lo guarda negli occhi, come insospettita.
Lo osserva ancora per qualche secondo. Poi si alza e lascia la stanza: "Va bene Matteo, io esco. A più tardi."
Matteo risponde con un cenno e aspetta ancora qualche minuto, giusto il tempo di sentire il rumore della porta che si chiude dietro di lei.
Poi ancora un minuto, perché a volte Mamma Bise dimentica le chiavi. Quando Matteo è sicuro di essere da solo si alza di colpo in piedi, lanciando il piumone dietro di sé, poi toglie cuffia e occhiali da sci.

SOTTO LA COPERTA, MATTEO INDOSSAVA UN COSTUME DA BAGNO E UN PAIO DI INFRADITO

QUANDO TI FINGI **MALATO** PER NON ANDARE A **SCUOLA**

la cuffia nascondeva i capelli pettinati e ingelatinati alla perfezione.

A quel punto si gira verso la finestra e urla: "Ragazzi, arrivo!" e si lancia giù. Si sente subito un altro

SPLASH

come quello di prima.

In terrazzo, Matteo ha installato un'enorme piscina gonfiabile. Ma non è tutto qui. Intorno alla piscina c'è una grande pedana che ospita sdraio, ombrelloni, palme finte e un piano bar con accanto Bisino, che ha un impeccabile assetto da dj. Dietro di loro c'è un enorme monitor di un pc, che un ragazzo sta usando per mandare inviti su

FACEBOOK.

Una lunga scala a chiocciola che parte dal cortile del palazzo ha permesso a tanti degli amici di Matteo di raggiungerlo. Appena esce dall'acqua, Matteo si fa lanciare un cocktail e fa un cenno a Bisino: "Parti!"

A QUEL PUNTO PARTE UNA BASE DRUM AND BASE POTENTISSIMA, CHE FA TREMARE IL PALAZZO DALLE FONDAMENTA.

Alcune ragazze iniziano a ballare, altre si tuffano in piscina. Matteo, che è al centro del trambusto, ha appena preso un enorme salvagente gonfiabile e ci si è adagiato sopra con il suo cocktail.
Poco sotto la struttura, ai piedi della scala a chiocciola, si sta formando una fila enorme di gente. Bisino si sporge dalla pedana e fa un cenno a tutti, come a dire: salite, salite! Ma poi c'è qualcosa che attira la sua attenzione.

faceboo

C'È QUALCUNO CHE STA SPINTONANDO LA FOLLA, CHE SI STA FACENDO LARGO VELOCISSIMO E CON UNA FORZA DISUMANA.

Strizzando gli occhi, Bisino si rende conto che quella persona indossa un grembiule. Poi si gira verso l'epicentro della festa per cercare di individuare Matteo. È al centro della piscina, circondato da tre ragazze. Si volta di nuovo verso il cortile, ma non vede più nessuno. Poi sente una presenza accanto a lui.

È Mamma Bise.

"Io e te parliamo dopo" gli dice minacciosa, con la voce bassa. E la musica si spegne di colpo. Mamma Bise stringe in mano tutti i cavi che dalla finestra della cameretta di Matteo alimentavano il festino.

E a quel punto, a coprire il silenzio improvviso, arriva di colpo una voce, quella voce che abbiamo imparato a conoscere tanto bene: "Matteeeeeeoooooo!" La "o" prosegue per vari secondi, più di quanto possa reggere un cantante lirico o qualcuno che fa apnea, trasformandosi in un urlo disumano che atterrisce la gente. Poi Mamma Bise si guarda intorno, furiosa:

"MATTEO, MA CHI CREDEVI DI FREGARE CON LA TUA FINTA MALATTIA? ADESSO A SCUOLA!"

Consci del fatto che la festa è finita prima del dovuto, la folla che era in piscina, quelli che erano sulla pedana e i ragazzi che aspettavano per salire fanno per andarsene. Ma Mamma Bise blocca tutti: "Fermi! Dove credete di andare? Ho detto a scuola! TUTTI!"

Nella scuola media di Matteo, quella fu ricordata come una giornata molto particolare.

Tantissimi alunni che si presentarono alle lezioni in ritardo, alcuni erano ancora in costume da bagno, zuppi fino ai capelli. Altri avevano vestiti decisamente troppo appariscenti per una normale giornata di scuola. Ma non ci fu nessun assente.

12

QUANDO VAI CON TUA MADRE AI COLLOQUI

Oggi pomeriggio Matteo e Mamma Bise stanno andando insieme a scuola. Ormai è tanto tempo che Matteo va a scuola da solo, e per lui questo pomeriggio ha il sapore dell'infanzia. Gli vengono in mente i primi giorni di scuola, quando Mamma Bise lo costringeva a uscire che il sole non era nemmeno sorto, quando lo obbligava a portare con sé un portavivande pieno di minestrone. Ma oggi la nostalgia ha poco spazio: è il giorno dei colloqui con le famiglie. Per questo motivo, i sentimenti di Matteo sono soprattutto due: stress e paura.

NELLA SUA MENTE, ACCANTO ALLA PAROLA "PAURA", C'È IL VOLTO DEL SUO PROFESSORE DI MATEMATICA.

Non che lui sia un tipo minaccioso anzi: ha degli occhi gentili, capelli corti e baffetti, un po' rotondetto. Ha la faccia di uno simpatico, ma in realtà è un professore spietato, molto furbo e non c'è modo di fregarlo. Se qualcuno ti suggerisce qualcosa, lui se ne accorge; se copi, lui se ne accorge; se sei distratto, lui se ne accorge; se sei all'ultimo banco, nascosto da tre file di persone e ti azzardi a togliere il tuo smartphone per vedere la tua home page di Facebook, lui se ne accorge.

QUANDO VAI CON TUA MADRE AI COLLOQUI

E visto che Matteo non sopporta la matematica, dopo solo qualche mese dall'inizio dell'anno scolastico si è ritrovato con una sfilza di due, che messi uno dietro l'altro fanno una fila lunga da qui alla Luna.
E Mamma Bise questo non deve saperlo. Per questo motivo, oggi Matteo si è preparato alla perfezione. Ha ricevuto via WhatsApp una mappa delle aule nelle quali i professori fanno i colloqui. Forte della sua esperienza in Metal Gear Solid, Matteo ha messo a punto un piano da agente segreto per riuscire a evitare le aule più minacciose. Le ha pensate tutte: come soluzione di emergenza ha preparato una serie di travestimenti per evitare di essere visto per caso nei corridoi.

MATTEO E MAMMA BISE HANNO APPENA VARCATO L'ENTRATA DELLA SCUOLA.

Approfittando di un quadro che voleva mostrare a sua madre, Matteo è riuscito a metterla nel percorso che aveva stabilito. In questo modo, Mamma Bise inizia il suo giro passando dal professore di religione.

“MATTEO? MATTEO È UN BRAVO RAGAZZO, NON DISTURBA E SARÀ PROMOSSO, NON SI PREOCCUPI”

Mamma Bise è stupita: “Ma ne è sicuro? Parliamo di Matteo?”
Il prof è sicuro: “Certo, non si preoccupi! Buona giornata.”

Mentre i due escono dall’aula e si avviano verso la scala, Matteo fa un dietrofront improvviso e porta sua madre nel corridoio dove c’è la sua prof d’inglese. Dopo una breve fila, i due entrano nell’aula. La prof riconosce subito Matteo: “Ah, signora, suo figlio è un bravo studente, alle interrogazioni canta sempre le canzoni metal in inglese, mi ha detto che lei è una fan del genere!”
Mamma Bise sorride e arrossisce un po’: “Sì dai, diciamolo, prima di mettere il grembiule mi piaceva andare a certi concerti! Ora lo ascolto solo a casa, di tanto in tanto.”

QUANDO VAI CON TUA MADRE AI COLLOQUI

"Sì, la mattina soprattutto" aggiunge Matteo.
Dopo una decina di minuti passati a parlare dei Pantera e dei primi dischi dei Metallica e con Matteo a fare scena muta, i due escono e tornano a passeggiare nei corridoi.
Mamma Bise si gira verso Matteo:

"E PENSARE CHE AVEVO PORTATO LO ZOCCOLO DI LEGNO IN BORSA. NON CREDEVO LE COSE ANDASSERO COSÌ BENE."

Il piano di Matteo sta funzionando, lui inizia a rilassarsi: "Te l'avevo detto mamma, sono un ragazzo studioso!" Poi, con la coda dell'occhio, nota un movimento in fondo al corridoio: è il prof di matematica, e sta camminando nella loro direzione.

√2
?
FIGLIOLO, TUTTO BENE?
CERTO MAMMA, TUTTO ALLA GRANDE! ORA ANDIAMO DA QUELLA PARTE, COSÌ PARLIAMO CON IL PROF DI EDUCAZIONE TECNICA.

QUANDO VAI CON TUA MADRE AI COLLOQUI

Matteo non si scoraggia e in meno di un secondo indossa un grembiule blu e una parrucca viola acceso. E senza scomporsi, continua a camminare con la madre accanto. Sente gli occhi del prof su di lui. Si sta avvicinando. Nel secondo in cui si incrociano, che a Matteo sembra un secolo, il prof butta i suoi occhi attenti sulla parrucca viola. Matteo trema, ma poi il prof solleva le sopracciglia, si gira e continua a camminare. Mamma Bise si volta verso Matteo:

"FIGLIOLO, TUTTO BENE?"

Nel frattempo Matteo aveva già tolto grembiule e parrucca. "Certo mamma, tutto alla grande! Ora andiamo da quella parte, così parliamo con il prof di educazione tecnica."

"D'accordo Matteo, ma poi cerchiamo il prof di matematica, voglio che anche lui mi dica che mio figlio sta andando bene." "Certo mamma" risponde Matteo sudando freddo.

"NON PREOCCUPARTI."

Stranamente, di fronte all'aula del prof di educazione tecnica, non c'è nessuno ad aspettare. In realtà Matteo sa bene il motivo, ed è per quello che è lì. Il prof di educazione tecnica è famoso per essere logorroico e tutti i genitori – avvisati dai figli – evitano i colloqui con lui. Parla tanto e in maniera talmente noiosa che le sue ore di lezione sono così lunghe che sembrano giorni, settimane, mesi. A ogni sua spiegazione, i ragazzi hanno un po' di barba in più e le ragazze i capelli un po' più lunghi. D'altra parte, bisogna riconoscere che è un prof bonario e tranquillo, e non ha mai bocciato nessuno.
E così, Mamma Bise e Matteo varcano la soglia dell'aula.

IL PROF DI EDUCAZIONE TECNICA, CHE ERA IN DORMIVEGLIA, SI SVEGLIA E SI ALZA DI COLPO.

QUANDO VAI CON TUA MADRE AI COLLOQUI

Guarda la mamma e il figlio come un'apparizione. "Ah, finalmente qualcuno che ha voglia di sapere come va il proprio figlio! Prego, accomodatevi pure!" Da lì in poi, parte un'ora e mezza di dettagliatissimo approfondimento sul rendimento di Matteo, che nemmeno in educazione tecnica se la cava malaccio. Il fatto poi di essere i primi che si presentano ai colloqui con lui dopo anni, rende il prof straordinariamente gentile e affabile.

COSÌ, ANCHE PER LUI, MATTEO È UN BRAVO RAGAZZO, STUDIOSO E DILIGENTE.

Dopo due ore, Mamma Bise esce dall'aula, distrutta. Si gira verso Matteo e gli sussurra: "Figliolo, che ne dici se andiamo a casa? La mamma è leggermente stanca.
Per gli altri prof poi mi fai vedere la pagella alla fine del primo quadrimestre, va bene?" Matteo risponde felice: "Certo mamma, meglio non affaticarsi troppo."

IL PIANO DI MATTEO HA FUNZIONATO ALLA PERFEZIONE.

Così, Mamma Bise e Matteo si dirigono verso le scale per uscire dalla scuola.

Matteo ferma sua madre: "Mamma, ma che fai, andiamo in ascensore, sei stanca!"

"E dai Matteo, non dire fesserie! Vieni, facciamo le scale" risponde lei.

Ma Matteo insiste: "Dai mamma, non ho voglia di fare le scale, andiamo in ascensore!"

Mamma Bise, stanca com'è, cede alle richieste del figlio: "D'accordo." Mentre i due aspettano l'ascensore, Matteo si rivolge a Mamma Bise: "Be', non sei contenta? Non hai niente da dirmi?"

Mamma Bise guarda Matteo con aria interrogativa: "Cioè?"

"Ma mamma, a scuola va tutto bene! Non sei contenta?"

E Mamma Bise ribatte: "Hai fatto solo il tuo dovere!"

QUANDO VAI CON TUA MADRE AI COLLOQUI

IN QUEL PRECISO MOMENTO, L'ASCENSORE SI APRE. DI FRONTE A LORO SI STAGLIA IL PROF DI MATEMATICA.

Completamente inaspettato. Matteo lo vede e con un gesto disperato prova a nascondersi dentro una scatola di cartone. Ma è troppo tardi. Il prof osserva la scatola: "Matteo, sei tu?"
Intanto, Mamma Bise osserva il prof e gli risponde: "Sì lì sotto c'è il mio Matteo! Sa, è un po' timido ma è un buon alunno". Il prof restituisce lo sguardo a Mamma Bise: "Un buon alunno? Credo che tutti i due che gli ho messo, se messi in fila, potrebbero coprire la distanza da qui a Marte."

"MA NON AVEVA DETTO LA LUNA, PROF?"

ribatte Matteo da dentro la scatola.
Mamma Bise è sconvolta: "Come sarebbe a dire? Come? Matteo ma tu non mi avevi detto niente!" E poi, rivolgendosi al prof: "E lei che materia insegna?"

"MATEMATICA"

RISPONDE LUI DECISO.

Per Mamma Bise questo è un vero trauma. Per lei, non si sa perché, matematica è la materia più importante di tutte. E lì, ancora dentro l'ascensore, Mamma Bise lancia uno dei suoi urli proverbiali: "Matteeeeeooooo! Di' addio alla PlayStation, da ora il sole lo vedrai solo dalla finestra di camera tua, neanche in terrazzo ti faccio uscire!"
Matteo, da dentro la scatola, prova a difendersi: "Ma mamma, educazione tecnic..."
"Matteeeeeooo! Mi hai fatto sorbire quello perché volevi fregarmi! Pensi che non l'abbia capito?! Fila a casa! Subitooooo!"

13

QUANDO NON RISPONDI AL TELEFONO

Il telefono continua a squillare. Una volta, due volte, dieci volte. Nessuna risposta. Dopo una breve pausa, riprende a squillare. Stesso numero di squilli, stesso risultato. Nessuna risposta. Dall'altro capo del telefono, impegnata a fare la chiamata, c'è Mamma Bise. La signora è uscita per andare a fare la spesa e ha lasciato Matteo a casa a studiare. Lo sta chiamando per sapere se va tutto bene. Ma non arriva nessuna risposta. Così, mentre passeggia intorno al banco dei surgelati, Mamma Bise inizia a preoccuparsi. Osservando gli sgombri surgelati che giacciono dentro quegli enormi banconi, inizia a lasciar correre la parte più paurosa della sua fantasia. "Chissà dov'è Matteo" pensa Mamma Bise. "Continuo a chiamare ma non risponde."

"Magari è in bagno. Starà facendo come ogni volta, che sta ore in bagno, poi si dimentica di guardare il telefono e lo devo chiamare duecentocinquantuno volte. Ma no, secondo me c'è qualcos'altro. Questa volta è diverso. È in bagno, ma c'è da troppo tempo.

FORSE È STATO LEGATO. ODDIO, NON C'È ALTRA SPIEGAZIONE: MATTEO È IN BAGNO, LEGATO AI TUBI DELLO SCALDABAGNO. GIÀ MI SEMBRA DI VEDERLO.

Vedo anche le persone che sono intorno a lui... loschissimi figuri! Oddio Matteuccio mio, rispondi! Sciogli la corda in cui sei legato e rispondi! Di sicuro quella gentaglia gli impedisce di slegarsi.

GIÀ MI SEMBRA DI VEDERE LA SCENA! CHE FACCIO?

Chiamo la vicina? Chiamo Bisino? No, poi metterei in pericolo anche Bisino. Devo salvare Matteuccio mio, ma come faccio? Rispondi Matteo, rispondi! Sono stata troppo ottimista. Matteo è legato in bagno, circondato da loschissimi figuri, in Siria. Ecco dov'è, i terroristi hanno rapito Matteo e l'hanno legato nel bagno di una casa in Siria! Che volete dal mio Matteuccio, che volete?! Lui non c'entra nulla, è solo un ragazzino!

QUANDO
NON RISPONDI AL TELEFONO

GLIEL'AVEVO DETTO A MATTEO DI SMETTERE DI GIOCARE A QUEI VIDEOGIOCHI CHE SPARANO CON INTERNET, CHE POI NON SAI MAI CHI INCONTRI.

E adesso come faccio?

Questo telefono continua a squillare e non risponde nessuno! Matteeeeeooooo!"
Presa dal panico più totale, completamente immersa dentro la sua immaginazione di mamma apprensiva, Mamma Bise lascia la spesa e inizia a correre per il supermercato.

INTANTO, MATTEO È A CASA, **SDRAIATO SUL LETTO**. IL TELEFONO CONTINUA A SQUILLARGLI ACCANTO, MA LUI È SDRAIATO DI SCHIENA, CON UN LIBRO SUL PETTO, PROFONDAMENTE **ADDORMENTATO**.

ODDÌO,
NON C'È ALTRA SPIEGAZIONE:
MATTEO È IN BAGNO, LEGATO AI TUBI DELLO SCALDABAGNO. GIÀ MI SEMBRA DI VEDERLO. VEDO ANCHE LE PERSONE CHE SONO INTORNO A LUI...
LOSCHISSIMI FIGURI!
BZZZZ

14

QUANDO MATTEO FA IL RIBELLE

Mamma Bise è nella stanza di suo figlio. È pomeriggio e sta aspettando che torni a casa per sgridarlo a dovere. Appena sente la porta d'ingresso aprirsi, Mamma Bise lancia un urlo: "Matteeeooooo! Vieni subito qui, voglio sapere cosa hai combinato!"

Nel sentire le urla, Matteo corre verso la sua stanza e apre la porta di colpo. Indossa una felpa con un cappuccio che gli copre la testa. Osserva sua madre e le chiede:

"Mamma! Ma che è successo? Non ti agitare!"

"Mi hanno appena chiamato da scuola e mi hanno detto che hai pisciato in classe!"

"Mamma, ma ti pare che faccio queste cose?
Ti pare che ho pisciato in una bottiglietta?"

"Matteo! Ma cosa sei, un animale?"

MATTEO AGGROTTA LE SOPRACCIGLIA E RIBATTE: "RIPENSANDOCI, MI SA DI SÌ, HO PROPRIO PISCIATO IN CLASSE."

E aggiunge: "Però mamma, ci sono cose peggiori nella vita."

Mamma Bise guarda Matteo con aria interrogativa:

"Ad esempio?"

A quel punto, Matteo si sfila il cappuccio dalla testa e dice: "Tipo che sono biondo."

E non è una bugia: dal cappuccio di Matteo è uscita una capigliatura color platino brillante, talmente brillante che manda fasci di luce, e che confonde la vista di Mamma Bise.

QUANDO

MATTEO FA IL RIBELLE

MAMMA BISE, BLOCCANDO CON UNA MANO I RAGGI DI LUCE CHE ARRIVANO DA QUEI CAPELLI BIONDI, URLA:

"MATTEO! MA COSA HAI COMBINATO?!"

"Ma dai mamma, l'ho fatto per essere più fresh, un po' cool, un po' giovanile!"
Ma Mamma Bise non vuole sentire ragioni: "Ma smettila, che diventi pelato! Eri così bello, adesso ti rovinerai tutti i capelli."
"Ma mamma" controbatte Matteo "voi donne lo fate tutti i giorni!"
"Ma Matteo" controbatte Mamma Bise "i capelli biondi, adesso manca solo che ti fai il tatuaggio!"

"BE'... VERAMENTE... MI SONO FATTO ANCHE IL TATUAGGIO."

A quel punto, Mamma Bise spalanca gli occhi e sviene di colpo, cadendo per terra con un tonfo.
Matteo si lancia sulla madre: "Mamma dai, svegliati! Mica l'ho fatto apposta, praticamente ero fuori e c'era il tatuatore che stava camminando per strada con l'ago in mano. A un certo punto è scivolato, mi è caduto sul braccio e ha iniziato a fare un piccolo tatuaggio e ho detto, va be', a questo punto finiscilo! Ma mica l'ho fatto apposta!"
Mamma Bise sbuffa e poi apre gli occhi, completamente sconvolta: "... E chissà che schifezza di disegno ti sei tatuato..." A sentire quelle parole, Matteo fa un grande sorriso e solleva la manica della sua felpa, facendo vedere il suo tatuaggio. Sulla sua pelle si nota una scritta:

"MAMMA TI VOGLIO BENE"

"Hai visto, mamma" dice Matteo "pensavi che mi fossi dimenticato che oggi è la festa della mamma? Guarda, l'ho fatto solo per te!"
A vedere quel tatuaggio, Mamma Bise strabuzza gli occhi e guarda Matteo con un'aria angelica:

E mentre inizia a pensare che forse Matteo non è poi così discolo, si accorge di una cosa: quel tatuaggio non è un vero tatuaggio. Dopo l'abbaglio causato da quei capelli biondi, la vista di Mamma Bise sta tornando quella di prima.

QUANDO MATTEO FA IL RIBELLE

NON SI TRATTA DI UN TATUAGGIO, MA SOLO DI UN PEZZO DI CARTA.

Allora Mamma Bise allunga la mano verso il braccio del figlio: "Matteo, fammi vedere, ma questa è solo cart..." E qui si scopre la verità. Il tatuaggio c'è, eccome se c'è, ma il foglio di carta serviva solo a coprire quello vero, e lì la mamma non c'entra niente. Sul braccio di Matteo, ancora arrossato dai colpi dell'ago, campeggia la scritta

"THUG LIFE"

Con un colpo di addominali, Mamma Bise si alza in piedi e corre verso l'altra stanza, prende il ferro da stiro e in meno di un secondo torna dov'era: "Matteeeeooo! Te la do io la vita da delinquente! Vieni qui!" Matteo ha già iniziato a fuggire, ha già capito che se non scappa può beccarsi un colpo di ferro da stiro.

Mamma ti voglio bene
Mamma ti voglio bene

Thug Life

15

LA RICERCA

È passato qualche mese, i capelli biondi di Matteo si vedono sempre meno, sono rimaste solo delle puntine luccicanti che di notte sembrano delle lucciole. Matteo è uscito da scuola e ha appena finito di fare la strada che lo porta a casa. Appena arrivato nel suo pianerottolo, spalanca la porta tutto contento: "Mamma! Sono rientrato! Ti ricordi quella verifica che c'era in ballo? Be', ho preso nove!"

Mamma Bise sta lavando il pavimento della cucina. Si ferma un attimo per sistemarsi i capelli, poi si gira verso Matteo, tutta sorridente: "Bravo figlio mio, hai fatto solo il tuo dovere."

"E CERTO CHE ERA SOLO IL MIO DOVERE MAMMA, PERÒ VOLEVO DIRTI UNA COSA: HO PRESO NOVE SÌ, MA TENDENTE AL DUE."

Mamma Bise si gira ancora verso Matteo e lo guarda con un sorriso. Matteo non capisce cosa stia succedendo, poi continua: "E sai perché? Perché c'e uno, un sito su internet, uno che mi ha copiato la verifica! Capito?" E poi aggiunge: "Una cosa allucinante! Mi sembra si chiami Wiki, Wiki qualcosa, Wikipedia, l'enciclopedia libera. Fin troppo libera, direi! Hanno preso le mie cose senza dirmi niente e le hanno messe su internet". Matteo smette un attimo di parlare, quasi per provare a capire quale sarà la reazione di Mamma Bise.

LA RICERCA

Lei continua a pulire il pavimento. Insiste sugli angoli, vicino alla portafinestra, si gira verso Matteo e fa di nuovo il suo sorriso. Matteo è più stupito che mai, ma continua il suo monologo: "E allora questi hanno copiato e il professore ha detto che l'ho copiato io, quindi ho preso due. Un'ingiustizia!"

"... UN'INGIUSTIZIA! MA IO NON MI FERMO QUI, ANDRÒ PER VIE LEGALI, VADO A PARLARE CON IL MINISTRO DELL'ISTRUZIONE E POI..."

E lì Matteo esita. Si ferma un attimo, come per capire cosa diavolo stia succedendo a Mamma Bise: "Mamma perché non dici niente? Ti sei arresa? Sei in catalessi?"
Mamma Bise osserva Matteo e gli dice: "Non sono in catalessi, sto solo pensando a che punizione darti, iniziamo dalla tua PlayStation." E poi, come se niente fosse, torna a lavare in terra. Nessuna arrabbiatura, nessun urlo, nessuna reazione esagerata.
Ma che succede?!

MAMMA PERCHÉ NON DICI NIENTE? TI SEI ARRESA? SEI IN CATALESSI?
NON SONO IN CATALESSI, STO SOLO PENSANDO A CHE PUNIZIONE DARTI, INIZIAMO DALLA TUA PLAYSTATION!

SMILEYWORLD
GOOD | FEELING | ICONS

16

QUANDO SEI SICURO DI ESSERE BOCCIATO

Ed eccoci arrivati alla fine dell'anno scolastico. Le giornate sono più lunghe, l'aria di primavera sta lasciando spazio a un caldo sempre più torrido. Questo periodo particolare è vissuto dagli studenti in due modi differenti: se durante l'inverno hai fatto i compiti, hai studiato e hai fatto tutte le interrogazioni senza farti venire la febbre proprio quel giorno, sarai tranquillo e sereno. Magari avrai un po' di stress a causa delle ultime interrogazioni, per quella materia che altalena fra il cinque e il sei, ma i tuoi pensieri saranno tutti rivolti all'estate, alle vacanze, a tutto quello che farai, alle persone che potrai conoscere e alle nuove esperienze che vivrai. Se invece hai passato la maggior parte dei tuoi pomeriggi invernali a giocare alla PlayStation, hai organizzato festini anziché andare a scuola e hai preso dei nove tendenti al due, questo periodo dell'anno ha tutta un'altra atmosfera.

TI SENTI PIÙ O MENO COME UNO DI QUEI PIRATI CONDANNATI A MORTE, CHE CAMMINANO SOPRA UN'ASSE DI LEGNO CHE TERMINA CON UN SALTO DENTRO UN MARE INFESTATO DAGLI SQUALI.

Senti il rimorso per non aver studiato abbastanza, ti rendi conto che i compiti si fanno in un'ora al giorno, e che avresti potuto liberarti di questo inghippo facilmente, se solo avessi studiato un poco tutti i pomeriggi. Ora che devi studiare un libro intero in tre-quattro giorni per l'interrogazione finale, capisci che quelle venti pagine che il professore ti aveva dato da studiare a gennaio non erano poi così tante.

Ovviamente Matteo si trova nel secondo gruppo, e c'è dentro fino al collo. È appena uscito da scuola, e la giornata non è stata delle migliori.

Ha recuperato il quattro in storia, ma i voti in matematica non vogliono cambiare. La sfilza di due si è interrotta solo per dare spazio a qualche cinque, massimo cinque e mezzo. Così, triste e afflitto, Matteo passeggia nel giardino che lo separa da casa.

QUANDO SEI SICURO DI ESSERE BOCCIATO

Dovrà dare la brutta notizia a Mamma Bise, dovrà iniziare a prepararla al fatto che forse quest'anno sarà

BOCCIATO

Matteo già si immagina la scena. L'arrabbiatura di Mamma Bise sarà paragonabile per potenza a un uragano, e probabilmente sarà registrata in tutti i sismografi d'Italia. Se i due in pagella saranno troppi, l'intensità dell'arrabbiatura di Mamma Bise potrebbe aprire uno squarcio nello spazio-tempo e permettere a Matteo di viaggiare nel passato e passare i compiti corretti al se stesso di qualche mese fa. Matteo pensa per qualche minuto alla possibilità di realizzare un piano del genere, ma poi lascia perdere: gli imprevisti sono troppi e quando viaggi nel tempo non sai mai cosa succede.
Così, gli unici pensieri che restano a Matteo sono quelli dell'estate: una terribile, pesantissima e lunghissima estate da bocciato.

Mamma Bise sarà inflessibile e lo obbligherà a vivere i suoi incubi peggiori.

MINESTRONE TUTTI I GIORNI, LA PLAYSTATION CHIUSA NELLA CREDENZA CON IL LUCCHETTO, IL DIVIETO DI USCIRE FINO AL PRIMO GIORNO DI NEVE.

Ma a pensarci bene, le cose potrebbero andare peggio. Mamma Bise potrebbe far uscire Matteo tutti i giorni: potrebbe mandarlo a raccogliere le patate e le cipolle nei campi vicino alla sua città. Anzi no, sarebbe troppo poco. Matteo già si vede arruolato nella legione straniera. A causa del fatto che è stato bocciato alle scuole medie, Matteo perderà ogni suo diritto, perderà ogni possibilità di un futuro normale e dovrà cambiare nome. Gli assegneranno un nome di battaglia e lo manderanno a fare l'addestramento in Algeria. Nessuno lo vedrà mai più. Ma potrebbe andare peggio. Potrebbe esserci freddo. Potrebbe piovere e nevicare.

Quando sei sicuro di essere bocciato

Potrebbero esserci venti gradi sotto zero, tutti i giorni. Il sole sarebbe una pallida palla che rimane tutto il tempo nella parte più bassa del cielo, come se stesse sempre per tramontare, senza mai sparire. Matteo sarebbe lì, vicino all'Antartide, a dare la caccia alle balene con un arpione arrugginito. Ecco, quello è il futuro che lo aspetta. Matteo ne è convinto.

Intanto, il nostro giovane discolo è arrivato a casa, apre la porta.

"Ciao Mamma" accenna timidamente "ho recuperato storia." E poi aggiunge: "Però matematica no. Non so se riuscirò a recuperare."

Mamma Bise alza la testa da dentro il forno, era impegnata a pulirlo con una fiamma ossidrica. Si toglie la maschera di ferro e si avvicina a Matteo. E con una voce dolcissima, gli chiede: "Quanto hai in matematica, Matteo?"

"QUALCHE MIGLIAIO DI DUE, POI UN PAIO DI CINQUE."

La faccia di Mamma Bise si apre in un sorriso: “Tranquillo, Matteo, vedrai, andrà tutto bene.”
E a quel punto, Mamma Bise posa la fiamma ossidrica, la lascia accanto al forno e si toglie la tuta da saldatore. Sotto ha un grembiule più elegante, un vestito che Matteo non aveva mai visto. E a guardarla bene, ha messo anche un po' di rossetto. Mentre dà un ultimo sguardo al forno, Mamma Bise dice: “Matteo, io ora esco.”
Matteo è stupito: “Esci? E dove vai? Ma io devo cenare!”
Mamma Bise si volta verso Matteo: “Ti ho lasciato un hamburger nel fornetto, accendilo cinque minuti e scaldalo, ciao.” Matteo osserva sua madre uscire di casa: “Mamma ma dove vai, mamma...”
“Non fare così, Matteo, ormai sei grande! Ho un appuntamento, torno presto!”

GULP
CIAO MAMMA,
HO RECUPERATO STORIA,
PERÒ MATEMATICA NO.
NON SO SE RIUSCIRÒ A
RECUPERARE

Bisequod
TRANQUILLO MATTEO VEDRAI, ANDRÀ TUTTO BENE

17

LA FINE DELL'ANNO SCOLASTICO

"Ciao Matteo."
"Hey, ciao Bisino."
"Sei già lì?"
"Sì, sono già arrivato."
"C'è tanta gente?"
"Mah, non troppa."
"Li hanno già appesi?"
"Ancora no...ah no, aspetta, li stanno mettendo proprio ora."
"Oddio Bisino, fai piano, preparami, dimmelo piano, non farmi spaventare."
"Un attimo, li stanno ancora appendendo."
"Ho paura."
"Anche io."
"Sai che ne va del nostro futuro, no?"
"Dai, non esagerare, vedrai che andrà bene."
"Se lo dici tu... be', si legge qualcosa?"
"Aspetta, aspetta, devo prima vedere il mio... ecco... forse ci siamo...Sì!"

"PROMOSSO?"

"SÌÌÌÌÌ MATTEO! MI HANNO PROMOSSO!"

"Grandissimo Bisino! Sei un grande! Perfetto! Ora vai più in basso e dimmi cosa vedi."
"Ecco, ho trovato il tuo nome."
"Be' che c'è scritto accanto? Ammesso? Non ammesso?"
"Aspetta, fammi vedere..."
"Oddio lo sapevo, mi hanno bocciato."
"Aspetta ti dico... fammi mettere il nome in linea con la scritta ...Ecco, ah no, aspetta..."
"Bisino sei il solito bastardo! Smettila! Dimmelo e basta!"
"Dunque, dunque, dunque..."
"BISINO!"

"E dai, non ti si può fare nemmeno uno scherzo! Comunque ti hanno promosso, bello mio."

"Promosso? E promosso come?"

LA FINE DELL'ANNO SCOLASTICO

"Promosso tutto, dalla testa ai piedi. Certo, ci sono dei cinque qua e là, ma hai portato la tua pellaccia oltre il burrone. Bravo, esploratore."

Sono cinque anni che Matteo e Bisino portano avanti questa usanza. Quando appendono i quadri a scuola, uno dei due rimane a casa, l'altro va a vederli. È una specie di rito che fanno per scaramanzia, da quando una volta Matteo era sicuro di essere bocciato, alla fine delle elementari. Quella volta andò bene, così da quel giorno in poi fecero sempre così: Matteo a casa e Bisino di fronte alla scuola, a vedere i quadri. Quest'anno è stato molto difficile, così, per aumentare le possibilità di una promozione,

MATTEO HA DECISO DI ASPETTARE LA CHIAMATA DI BISINO IN UNA CHIESA.

L'ha fatto anche per non stare a casa dove, in caso di bocciatura, avrebbe dovuto subito fare i conti con Mamma Bise. In questo momento, Matteo sta ancora urlando di gioia e una suora lo sta mandando via in malo modo. Ma a lui importa poco, non vede l'ora di andare a casa e riferire la bella novità a Mamma Bise.

Nella strada verso casa, Matteo immagina tutte le cose fantastiche che farà quest'estate. Quest'anno niente vacanze al mare con Mamma Bise, quest'anno ci saranno feste tutti i giorni, nuove conoscenze e tantissimo divertimento.

HA GIÀ PRONTO UN PROGETTO PER RICOSTRUIRE E AMPLIARE LA DISCOTECA SULLA SUA FINESTRA.

Stavolta chiamerà anche i buttafuori. Sarà un'estate travolgente, l'estate dei giusti, dei promossi, dei ragazzi studiosi. Dopo le feste sarà ora di partire, di viaggiare verso un'isola deserta e rimanere lì a mangiare frutti di mare, bere dalle noci di cocco e rilassarsi sotto i rami di una palma gigante. Poi sarà il tempo di prendere uno zaino e fare il giro delle città europee in autostop, magari poi deciderà di chiedere un passaggio a una nave e andare in America, perché no? Matteo è stato promosso, ora può fare tutto.
Certo, Mamma Bise non vuole nemmeno mandarlo al campeggio, quindi le possibilità di fare il giro d'Europa non sono tantissime, ma sognare non costa niente. Intanto, fra un pensiero e l'altro, Matteo è già arrivato a casa sua.

"Mamma! Mammaaaaaaa!" spalanca la porta Matteo.
Silenzio totale. Matteo insiste: "Mamma! Ci sei? Mamma, ho una notizia bellissima!"

Ancora silenzio. Matteo si concentra e sente un chiacchiericcio arrivare dalla cucina. La porta è chiusa. Matteo si avvicina lentamente, sente distintamente la risata di Mamma Bise. Sente anche un'altra voce. Una voce maschile. Di colpo, Matteo inizia a capire.

MAMMA BISE HA UN UOMO.

"Oddio, ora è tutto chiaro" dice Matteo fra sé e sé. Ecco perché era così tranquilla. Ecco perché esce in grembiule da sera. Hai capito Mamma Bise! Bravissima! Matteo è così felice per la notizia della promozione che senza pensarci un attimo spalanca la porta della cucina e grida: "Ciao mamma, ciao fidanzato di mamma, mi hanno promosso!"
"Complimenti Matteo, comunque lo sapevo già" risponde la voce maschile. Quella voce che Matteo conosce bene, che sente quasi tutti i giorni. Matteo guarda il fidanzato di Mamma Bise. Poi guarda Mamma Bise:

"MAMMA, MA QUESTO È..."

Mamma Bise risponde fiera:
"Ebbene sì Matteo, noi ci amiamo!"
"Mamma... ma è... lui è..."
"Matteo! non essere maleducato!"
Matteo scuote la testa: "È il prof di matematica, mamma!"

"MATTEEEOOOOOOO! CALMATI!" GLI GRIDA MAMMA BISE.

"Ho detto che voglio essere bocciato, non voglio niente!"
Di colpo, il prof si alza in piedi. Con una voce calma e pacata dice: "Matteo, ho visto il tuo ultimo compito in classe. Sei andato molto bene, hai recuperato. Sei stato bravo. Nessuno ti ha regalato niente. La promozione te la sei meritata."
Matteo si calma di colpo, e guarda il suo prof: "Davvero?"
"Certo. E ho detto anche a tua madre che secondo me dovrebbe mandarti in campeggio."
Matteo all'inizio è combattuto, ma poi guarda il prof con un sorriso:

"QUESTO NON AVREI MAI PENSATO DI DIRLO, PROF: GRAZIE!"

Giugno
CIAO MAMMA, CIAO FIDANZATO DI MAMMA, MI HANNO PROMOSSO!
COMPLIMENTI MATTEO, COMUNQUE LO SAPEVO GIÀ
MAMMA, MA QUESTO È...
EBBENE SÌ MATTEO, NOI CI AMIAMO!
MAMMA...MA È... LUI È...
MATTEO! NON ESSERE MALEDUCATO!

È IL PROF DI MATEMATICA, MAMMA!

18

QUANDO GUIDI CON TUA MADRE

Passano gli anni. Matteo è cresciuto, ha continuato la scuola e, fra alti e bassi, ha preso anche il diploma. Intanto, la relazione fra Mamma Bise e il prof di matematica prosegue. Adesso Matteo è un vero giovanotto, ha anche preso la patente. E con i lavoretti estivi è riuscito anche a comprare una macchina.

Oggi Matteo ha promesso a Mamma Bise che l'avrebbe accompagnata al centro commerciale per vedere una batteria di pentole in offerta.

Matteo è già in macchina: "Dai mamma andiamo! È tardi, ti devo anche aspettare!"

Mamma Bise arriva trafelata, apre lo sportello e si siede veloce accanto a Matteo: "Grazie Matteo, grazie!" E poi aggiunge di colpo, strillando: "La cinturaaaaa!"

"Mamma! Ma non siamo neanche partiti!"

"Va bene, dai parti!"

Ma Matteo non fa in tempo a mettere la marcia che Mamma Bise riprende a gridare a squarciagola: "Vai piano!"

"Ma non siamo neanche partiti! Mamma mi metti l'ansia!" grida Matteo.
"Non iniziare Matteo!" risponde Mamma Bise.

"NON TI AGITARE MENTRE GUIDI!"

Da lì in poi, ogni mossa di Matteo in auto è sorvegliata in maniera maniacale: "Due mani sul volante! Tutte e due! Hai messo la freccia? Vai piano! Dai la precedenza!"
A quel punto, anche Matteo sbotta, incapace di controllarsi: "Mammaaaaa!", urla lui, sbattendo le mani sul clacson "mi metti l'ansiaaaa!"
"Basta Matteo" ribatte Mamma Bise "la prossima volta mi prendo il pullman!"
Ormai la situazione è incontrollabile, Matteo e Mamma Bise iniziano a parlarsi uno sull'altro: "E va bene, prenditi il pullman!"
"Tu fino a quando sei mio figlio devi rispettare quello che ti dico!"
"Questa è la mia macchina! Guido io e qui ci sono le mie regole!"
"Ma vai a piedi."
"Matteo io ti ho creato e... Attento! Un gatto nero!"
Matteo non sa più cosa dire e ha ripreso a guidare, ma Mamma Bise non si ferma più. "E vai piano! Guarda che ci vuole un attimo per fare un incidente!"
"Matteo, cosa fai con quel braccio fuori! Se passa qualcuno e te lo taglia? E poi cosa fai con questa musica alta Matteo! Ma sei pazzo?"

QUANDO GUIDI CON TUA MADRE

A quel punto Matteo schiaccia sul freno con tutte le sue forze, facendo inchiodare la macchina. Con un gesto esagerato, si toglie la cintura e scende dalla macchina. Poi, dal finestrino aperto, grida verso Mamma Bise:

"MAMMA, HAI ROTTO! SAI UNA COSA? ADESSO GUIDA TU!"

Mamma Bise guarda Matteo con aria interrogativa, poi stringe gli occhi, prende il posto del guidatore e dice: "Va bene, guido io. Sali in macchina."

"Ma che..." prova a ribattere Matteo.

"Ho detto sali" gli ordina Mamma Bise. E poi aggiunge, perentoria: "Adesso metti la cintura."

Da lì in poi, il viaggio per Matteo si trasforma in un incubo infernale. Mamma Bise prende ad accelerare e correre come una pazza. Romba, inchioda, riparte, sorpassa le auto mentre ce ne sono altre che arrivano sull'altra corsia.

"Vedi, Matteuccio" dice Mamma Bise mentre scala dalla terza alla seconda per affrontare meglio una curva. "È così che si guida." Dopo tre minuti netti, Matteo e Mamma Bise sono nel parcheggio del centro commerciale. Mamma Bise ha parcheggiato la macchina impennandola in uno spazio che altrimenti sarebbe stato troppo stretto.

"E ricorda, Matteuccio" dice Mamma Bise mentre restituisce le chiavi a Matteo, che è totalmente sconvolto e ha la faccia verde "la sicurezza prima di tutto!"

WROOOM
SKREE
M BISE RULES
VEDI MATTEUCCIO È COSÌ CHE SI GUIDA
E RICORDA MATTEUCCIO LA SICUREZZA PRIMA DI TUTTO!

19

MAMMA, TI PRESENTO LA MIA RAGAZZA

Oggi è un giorno speciale. Matteo si è da poco fidanzato e ha deciso di presentare la sua ragazza a Mamma Bise.
Lui e la sua ragazza sono sul pianerottolo, Matteo apre la porta e mette la testa dentro casa: "Mamma! È arrivato il momento di presentarti la donna della mia vita! Non farmi fare figuracce, mi raccomando!" Poi si gira verso il pianerottolo: "Dai amore, entra pure."
La ragazza di Matteo entra in casa.
È molto carina: ha i capelli lunghi, lisci, castani come gli occhi. Una leggera ombra di trucco mette in evidenza la sua bocca.
"Salve, signora, io sono Mary, piacere!" dice con un grande sorriso e porgendo la mano.
Tenendo le braccia conserte, Mamma Bise risponde con sufficienza: "Sì piacere, piacere, accomodatevi, venite che è pronto da mangiare."

H_2O

MAMMA, TI PRESENTO LA MIA RAGAZZA

I tre si mettono a tavola e iniziano a chiacchierare.

"Allora mamma" esordisce Matteo "ti piace Mary? È proprio carina, vero?"
Mamma Bise non riesce a staccare il suo sguardo dalla ragazza, come se la stesse studiando approfonditamente. Poi di colpo risponde:

"SÌ, SÌ, MA SEI VERGINE?"

Matteo prova a stemperare: "Ma che domande, mamma!" Poi si gira verso la sua ragazza: "Mary, la mamma dice nel senso vergine, capricorno, sagittario."

"Cancro!" interviene Mary.

Mamma Bise non si ferma: "E voi due come vi siete conosciuti?"
Matteo e Mary rispondono insieme, ma dicono due cose diverse: "Università" fa lui.

"Discoteca" dice lei.

Matteo si volta di colpo verso Mary: "All'università, ma quale discoteca! Io stavo studiando, come sempre, lei stava studiando, come sempre. Avevamo una cosa in comune, studiare!"
Mamma Bise continua imperterrita il suo interrogatorio: "Oltre a questo cosa fai nella vita? Qual è il tuo lavoro?"
Mary risponde convinta:

"LA FASHION BLOGGER."

Matteo, prima che Mamma Bise possa controbattere, aggiunge: "Lei porta i vestiti, porta i vestiti ai bisognosi, mette gli hashtag e i cancelletti alla gente, questo è il suo lavoro."
"E dimmi" continua Mamma Bise "hai un sogno nel cassetto?"
Con la stessa convinzione di prima, la ragazza di Matteo risponde: "Fare la velina!"
Anche qui Matteo prova a cambiare il discorso: "La pace nel mondo! Mary vuole la pace nel mondo! Vero amore?"
"Certo Matteo! Mi sveglio la mattina e dico: 'Che si fa oggi? Facciamo la pace nel mondo!'"

MAMMA, TI PRESENTO LA MIA RAGAZZA

"Brava, la mia ragazza" dice Matteo e si avvicina per darle un bacio. Ma Mamma Bise lo interrompe subito: "Poche smancerie a tavola con me! Anzi, adesso mangiamo dai, vi ho cucinato una cosa buonissima" e si alza per andare a prendere una padella dai fornelli.
"E allora mangiamo!" risponde Matteo e poi, rivolgendosi a Mary: "Vedrai, mia madre è un'ottima cuoca, soprattutto quando ci sono ospiti!"
E così, tutta fiera, Mamma Bise ritorna con il suo piatto: "Ecco qui, vi ho cucinato il mio buonissimo POLPETTONE!"
Mary guarda il piatto, delusa e un po' imbarazzata:

"AMORE, MA NON HAI DETTO A TUA MADRE CHE SONO VEGETARIANA? IO LA CARNE NON LA MANGIO!"

“Vegetariana?” tuona Mamma Bise. “Ma non sarai mica una di quelle persone che mangiano solo verdure?”
“Eh no” risponde Mary per precisare “io non sono vegana, sono veghittica, perché il pesce lo mangio!” “Va bene” risponde Mamma Bise scocciata “non preoccuparti, vi ho preparato anche la PASTA AL SUGO!”

“EH NO, IO SONO CELIACA, QUESTE COSE NON LE MANGIO!”

Mamma Bise fatica sempre di più a trattenersi: “Celiaca? Ma dove l’hai trovata questa? Ma cos’è questa roba, Matteo?”
Anche Mary inizia a perdere le staffe: “Io non mangio gli animali, va bene? Non mangio la carne e sono anche celiaca, sono fatta così!”
“Dai mamma” fa Matteo per calmare la situazione “vedi se hai qualcosa in frigo.”
Ma Mamma Bise non si controlla più: “Ma fammi capire tu, che cosa ti fai a casa da mangiare? Dai sentiamo!”
“Io non cucino!” ribatte Mary.

MAMMA, TI PRESENTO LA MIA RAGAZZA

"Io la porto fuori a mangiare" aggiunge Matteo.
"Ah, tu sei una di quelle donne che non sanno cucinare, non sanno lavare, non sanno fare niente! Tu non sei una vera donna!" Il giudizio di Mamma Bise è implacabile.
"Io non sono una vera donna?" grida Mary "io non sono una vera donna soltanto perché non stiro e non cucino? Anche se sono vegetariana, vegana e veghittica, suo figlio mi ama lo stesso e lei è una strega, una brutta strega cattiva!"

"UNA STREGA?" RISPONDE MAMMA BISE, SCONVOLTA.

"Io me ne vado!" conclude Mary.
"Aspetta Mary, dai!" la ferma Matteo.
Ma Mamma Bise è implacabile: "Matteo, questa ragazza per te non va bene!"
Matteo sbotta di colpo: "Mamma adesso basta! Sono abbastanza grande per fare le mie scelte! Mi devi lasciare stare, il cordone ombelicale lo dobbiamo staccare!" E conclude: "E poi ho fatto la mia scelta: voglio sposarmi con Mary!"

MAMMA ADESSO BASTA!
SBAM
SONO ABBASTANZA GRANDE PER FARE LE MIE SCELTE! MI DEVI LASCIARE STARE, IL CORDONE OMBELICALE LO DOBBIAMO STACCARE!
E POI HO FATTO LA MIA SCELTA: VOGLIO SPOSARMI CON MARY!

20

IL MATRIMONIO

Dalla piccola entrata della chiesetta di campagna esce fuori un ragazzino. "Sbrigatevi, stanno per cominciare!" dice a voce alta al gruppo di persone che stanno lì di fronte. Alcuni spengono la sigaretta di fretta, altri sistemano i propri abiti e poi, in coda uno dietro l'altro, entrano in chiesa. Un particolare salta subito agli occhi: hanno tutti esattamente le stesse sembianze di Mamma Bise.

Uno a uno, vanno a occupare le panche della navata della chiesa, che è tutta decorata con fiori messi a mazzi e ghirlande. In fondo, davanti all'altare, un cuore gigantesco fatto di siepi incornicia i due sposi: Matteo e Mary. Accanto a loro, un po' defilato, il testimone delle nozze:

BISINO

Qualche raggio di sole passa dalle vetrate e dalla porta d'ingresso, donando alla sala un'atmosfera calda e rilassata. Tutti gli invitati aspettano diligentemente l'arrivo del prete per celebrare la messa. Tutti tranne uno: Mamma Bise.

La donna, che si distingue dai suoi parenti solo perché indossa il suo grembiule elegante, si sta muovendo intorno alla chiesa e sta controllando che ogni cosa sia perfetta.

A velocità incredibile, passa dai fiori all'altare, dalle panche al pulpito, poi in pochi secondi controlla che gli invitati siano in fila, dà una sistemata alla manica dell'abito di Matteo e passa a dare una lucidata alle fedi nuziali.

POI CONTROLLA CHE LA BIBBIA SIA APERTA NELLA GIUSTA PAGINA, CONTROLLA I CAPELLI DI MARY.

Appena il prete fa la sua entrata, lo prende in disparte e ripassa con lui le principali tappe della funzione, gli ripete di non sbagliare e di non fare confusione. Nell'istante in cui Mamma Bise si avvicina alle panche e inizia a sollevarle per vedere se sotto c'è polvere, il prof di matematica, elegante in un grande abito blu, la prende al volo e la blocca, mettendola in prima fila accanto a lui. "Adesso stai calma" gli sussurra "la cerimonia sta per iniziare."
Il prete prende il suo posto nel pulpito e dà il via alla messa. Tutto procede nel migliore dei modi.

IL MATRIMONIO

LA MESSA PROCEDE, SI GIUNGE AL FATIDICO SÌ.

Matteo guarda negli occhi Mary, Mary guarda negli occhi Matteo. "Sì, lo voglio" si dicono l'un l'altro. Il prete benedice la coppia con un sorriso, poi si rivolge agli invitati. "Se qualcuno ha qualcosa da dire, parli ora o taccia per sempre!"

"IO!"

urla Mamma Bise. "Io ho qualcosa da dire!" Tutti gli invitati si girano di colpo verso di lei. Mamma Bise sussurra al prof: "Scusa caro, ma non ce la posso fare." Poi si alza in piedi. "Questo non me lo sarei aspettato! Non ci posso credere!" A quel punto Mamma Bise va verso l'altare e da una tasca sfila uno straccio, dall'altra un flacone di Vetril.

"Signor prete" lo ammonisce "le sembra questo il modo di presentare un altare per il matrimonio del mio Matteuccio?" E dopo un colpo di spray, con buona lena inizia a strofinare gli angoli dell'altare. "Che poi queste ostie dobbiamo mangiarle!" aggiunge.
Matteo è pietrificato, Mary gli stringe il braccio, come per dirgli "Stai calmo".
Subito dietro di lei, il prof stringe già nelle mani un laccio che aveva preparato per l'occasione e con un abile lancio acchiappa Mamma Bise, riportandola al suo posto.

"ANDIAMO AVANTI"

dice con un sorriso. "E scusateci, ma in fondo la mamma è sempre la mamma!"
A quel punto, dopo questa breve interruzione, il prete può concludere il matrimonio:

"VI DICHIARO MARITO E MOGLIE!"

RONF
RONF

Matteo & Mary

IL MATRIMONIO

E la sala scroscia in un grande applauso.
Dopo circa mezz'ora, dopo gli auguri di rito e la firma degli atti che danno ufficialità al matrimonio, finalmente Matteo e Mary escono dalla chiesa. Le persone lanciano chicchi di riso vero la coppia che, sorridente, scende le scale. Bisino è già nell'auto, pronto a fare d'autista alla coppia. Da lì, tutta la comitiva, parenti di Matteo e Mary compresi, andranno al ristorante per il grande pranzo e per far festa. Certo, per guidare quell'auto si era offerta Mamma Bise, ma viste le esperienze di qualche anno prima, Matteo ha preferito il suo amico Bisino.
Il ristorante che Matteo e Mary hanno scelto per il grande pranzo si chiama:

IL VERDONE

e non lascia dubbi sul menu, che sarà rigorosamente vegetariano.

È stata la stessa Mamma Bise, andando a mangiare in quel posto sotto mentite spoglie, ad assicurarsi che il menu fosse davvero vegetariano fino in fondo. Dopo le prime resistenze, infatti, anche Mamma Bise è diventata vegetariana, anche se a volte cede alle richieste del prof di preparare per lui il suo buonissimo polpettone.
Così la carovana di automobili, guidata da quella dove siedono Bisino, Matteo e Mary, percorrono la loro strada.

Attraversano campi, vigneti, piccoli villaggi, per poi percorrere una strada che si arrampica su una collina. A ogni incrocio, ad ogni svincolo, non si sa come, Mamma Bise è lì prima degli altri per indicare la via giusta e per dirigere il traffico.

"MAMMA, ABBIAMO IL NAVIGATOREEEE!"

gli ha urlato Matteo ogni volta che l'ha trovata, con tanto di paletta e fischietto, sul ciglio della strada a dare le indicazioni.

Ma anche grazie a lei, senza troppi intoppi, tutto il gruppo raggiunge il ristorante Verdone. A dire il vero, Matteo avrebbe preferito fare la festa al ristorante Lo Zozzone che si trova all'uscita della circonvallazione vicino a casa sua. Alla fine la proposta di Mary ha avuto la meglio, ma in cambio Matteo ha ottenuto che i tavoli avessero i nomi di videogiochi storici della PlayStation.

IL MATRIMONIO

Così succede che la famiglia più stretta di Mary si trova nella tavola "Crash Bandicoot", lo zio dalla parte di Matteo, fratello di Mamma Bise, si trova con la sua famiglia in quella "Metal Gear Solid", e gli amici di Matteo sono seduti nel posto "Resident Evil". Le tavolate continuano così, fra un "Gran Turismo", un "Metal Gear" e un "Final Fantasy".

MAMMA BISE E IL PROF SIEDONO NELLA TAVOLA "GUITAR HERO"

in onore delle sveglie movimentate che Matteo ha dovuto subire per la maggior parte della sua vita. Proprio in quel momento, Mamma Bise è seduta lì con il suo compagno, e osserva Matteo che passa fra i tavoli, riceve gli auguri e fa le fotografie con gli invitati. Accanto a lei c'è una bottiglia di vino totalmente vuota.

"Guardalo il mio Matteuccio" sussurra al prof "mi sembra ieri che gli mettevo il minestrone nello zainetto per merenda."

"Hai fatto un buon lavoro" le risponde il prof "a me sembra ieri che si metteva le parrucche fucsia per sfuggirmi ai colloqui."
A me sembra ieri che organizzava i festini nella piscina prefabbricata dietro la sua finestra ribatte Mamma Bise
"E a me sembra ieri che... Va be' basta così" si interrompe il prof. "Guarda com'è felice Mary."
Mamma Bise osserva Mary e, complice qualche bicchiere di troppo, dice: "Sì, Mary è proprio felice, e so che dovrei essere felice anche io, e lo sono, ma come farò senza il mio Matteuccio?"
Mamma Bise inizia a singhiozzare, e proprio in quel momento Matteo e Mary si avvicinano al tavolo dove stanno lei e il prof. A quel punto, il prof si rivolge a Mamma Bise: "Calmati cara, vedrai andrà tutto bene. Ora Matteo e Mary sono qui, fai loro gli auguri, su."
Mamma Bise alza lo sguardo verso la coppia. Ha gli occhi gonfi e arrossati. Abbozza un sorriso, poi il labbro inferiore inizia a tremarle e scoppia in un pianto disperato:

"MATTEUCCIO MIOOOOOO! COME FARÒ SENZA DI TE? ODDÌO CHE SENSO HA LA MIA VITA ADESSO?"

IL MATRIMONIO

Matteo, spiazzato da quella reazione, sbuffa e le risponde: "Mamma, su non fare così! Ora potrai finalmente rimettere in piedi la tua band di heavy metal con la prof di inglese, non dovrai cucinare tutto il giorno e..." Ma il pianto di Mamma Bise si fa ancora più forte e interrompe Matteo:

"MA A ME PIACE CUCINARE TUTTO IL GIORNO! ORA CHE FACCIO? CHE FACCIO?"

Il prof, che è rimasto silenzioso fino a quel momento, si alza in piedi di colpo. Sposta la sedia dietro di sé e toglie qualcosa dalla tasca. Poi si staglia fiero di fronte a Mamma Bise e si mette in ginocchio. Poi dice, solenne: "Ci sono qui io con te." E poi, porgendole una scatoletta da cui brilla un anello, aggiunge:

"MAMMA BISE, VUOI SPOSARMI?"

Mamma Bise osserva il prof. Matteo osserva il prof. Mary osserva il prof. Mamma Bise ha ancora le lacrime appiccicate alle guance, ma il suo volto si trasforma e diventa di colpo sorridente. "Caro! Certo che lo voglio!"
A quel punto Matteo e Mary esplodono in una risata di gioia. Mamma Bise abbraccia il suo prof e in quel momento parte la musica.

"BALLIAMO!"
URLA MARY
"E VIVA
GLI SPOSI!"

21

MAMMA BISE, SEI TU?

Matteo è stanchissimo, ma felice. Lascia cadere le valigie nel corridoio del nuovo appartamento, quello che lui e Mary hanno scelto per vivere insieme. La sua sposa è lì, accanto a lui, stanca come lui. Sono appena rientrati dalla loro luna di miele. È stato un viaggio fantastico, tutto dedicato alla scoperta degli Stati Uniti d'America. Hanno preso un volo per New York e poi per un mese intero, con una macchina a noleggio, hanno deciso di buttarsi nella zona più profonda degli USA, attraversando il Paese da parte a parte, per concludere poi il giro a San Francisco. È stato un viaggio avventuroso, pieno di sorprese, nuove conoscenze, feste e divertimento. Qualche litigata, qualche disavventura e qualche imprevisto hanno reso il loro viaggio più vero, più intenso. Ed è stato fantastico. Ma adesso per la coppia è il momento del rientro.

Matteo si getta sul divano e allunga la mano per prendere il joypad della PlayStation. È sempre lì, dove l'aveva lasciato. Preme il pulsante di accensione e trova la sua missione di Call of Duty da completare.
Dietro di lui, sente Mary parlare: "Amore, vado a cambiarmi, poi preparo qualcosa da mangiare."
Matteo è già immerso nella partita, e un pensiero gli sfiora la mente:

MA DA QUAND'È CHE MARY CUCINA?

Ma è solo un attimo, poco dopo la sua attenzione è di nuovo catturata dal videogioco.
Matteo continua a giocare, dietro di lui si sente il rumore della doccia che scroscia. Dopo un po', i rumori arrivano dalla cucina, rumori che per Matteo sono davvero familiari. Sono i suoni che ha sentito per tutta la sua vita: quelli di Mamma Bise che cucina, mentre lui è in cameretta a giocare con i videogiochi.

Matteo è preso da un fastidioso déjà vu, ma un colpo di mitra improvviso proveniente dalla tv scaccia questo pensiero dalla sua testa. Matteo continua a giocare. Intanto, i fornelli sfrigolano, i mestoli tintinnano contro le padelle. Passa un'altra ora, Matteo è ancora preso dalla sua partita. All'improvviso un odore gli riempie le narici.

"AMORE, MA COSA HAI PREPARATO, SEMBRA..."

MATTEO...
MAMMA?
MA CHE CI FAI QUI?

MAMMA BISE, SEI TU?

Matteo non fa in tempo a finire la frase, che sente un urlo arrivare dalla cucina: "Matteeeeoooo!"
Matteo ha come un brivido che gli attraversa il corpo: "Mamma? Ma che ci fai qui?"
La voce continua: "Ma quale mamma! Sono io, amore, sono la tua Mary!" Poi, dopo una breve pausa, aggiunge: "E spegni quel videogioco che fra un po' arriva Mamma Bise a cena! Non vorrai farti trovare così sul divano!"
Matteo si alza di colpo, getta il joypad e corre verso la cucina. Di fronte a lui c'è Mary. Una Mary con il grembiule, le ciabatte, i capelli a caschetto. Le è anche cresciuto un filo di barba. A quel punto, Mary si gira verso i fornelli, prende una pentola e la porge a Matteo. "Guarda, amore" dice con una voce stridula "ho preparato il tuo piatto preferito: MINESTRONE!"

E FU COSÌ CHE QUEL GIORNO MATTEO SCOPRÌ UNA GRANDE VERITÀ: C'È UN PO' DI MAMMA BISE IN TUTTE LE DONNE.

MA QUALE MAMMA! SONO IO, AMORE, SONO LA TUA MARY
GUARDA! HO PREPARATO IL TUO PIATTO PREFERITO: MINESTRONE!

FINE

O FORSE NO,
ASPETTATE!

E SE... MATTEO E MAMMA BISE NON AVESSERO VISSUTO IN ITALIA?

Proviamo a immaginarli in altre parti del mondo, in altre situazioni... ma non solo, proviamo a vederli come animali o come esseri che vivono in altri mondi. Siamo sicuri che sarebbero davvero così diversi? Vediamo!

MATTEO E MAMMA BISE ESCHIMESI

"Mammaaaaaaa!"
"Matteeeeviiiiitt!"
"Mammaaaaaaa!"
"Matteeeeviiiiitt!"
"Che c'è?!?"
"Mamma, io non ne posso più!"
"Cosa c'è Matteuitt, hai caldo?"
"Caldo? Come fai a dire che ho caldo?"
"Be', figliolo mio, è chiaro! Qui dentro, nel nostro igloo, c'è un bel teporino! Guarda il termometro, la temperatura è di un paio di gradi, mica male!"
"Mamma, spero che tu stia scherzando! Io non ce la faccio più."
"Ma va Matteuitt, non fare lo sciocco, tieni un po' di gelato, su. Freschissimo, appena raschiato dal muro. E sbrigati, altrimenti si scioglie!"
"Mamma, io non voglio il gelato!"
"Ah, vuoi tenere l'appetito per cena. Vero? E cosa preferisci che ti prepari, granita o ghiaccioli?"
"Mamma, smettila di fare finta di niente!"
"Che c'è Matteuitt? Non capisco!"
"Lo sai benissimo cosa c'è, mamma!"
"Matteuitt, non voglio più parlarne! Ti ho già detto di no!"
"Ma mamma, ci vanno tutti!"
"Matteuitt non voglio sentire storie!"
"Mamma, tu non capisci, la festa di Bisino è la più impor-

tante dell'anno! Per fare un'altra festa così dovremmo aspettare che il sole sorga di nuovo, cioè più o meno sei mesi! Mamma, devi lasciarmi andare!"

"Matteuitt smettila! È troppo pericoloso! Io lo so che poi andate a correre dove il ghiaccio è sottile!"

"Ma che dici, mamma! Non sono mai caduto in acqua."

"Certo, non sei mai caduto perché ti ha salvato il prof di pesca! Me l'ha detto della volta in cui volevi prendere quel salmone con le mani, sai?"

"Ma mamma, ero piccolo, adesso sono cresciuto, adesso ho quattordici anni!"

"Matteuitt non insistere! Io lo so che poi andate a dare fastidio agli orsi polari! Guarda che quegli animali sono pericolosi! Tu non sai cosa è successo al figlio della vicina."

"Mamma, me l'hai raccontato mille..."

"Il figlio della vicina stava giocando a tirare le palle di neve con un suo amichetto. L'amichetto ha preso per sbaglio un cucciolo di orso polare e gliel'ha tirato, pensando che fosse neve. La mamma orsa l'ha inseguito per tutto il circolo polare! L'hanno trovato dopo una settimana di ricerche, era tutto bianco e credeva di essere un orso anche lui. Non voglio che ti succedano queste cose, Matteuitt!"

"Ma mamma, l'amico del figlio della vicina è un cretino! I miei amici non sono così cretini!"

"Ah certo, per te sono tutti stupidi, vero? E del figlio dell'acconciatore di pelli che mi dici?"

"Ma chi, quello che non sa guidare il cane slitta?"

"Matteo, guarda che finire in un burrone pieno di pinguini con le slitte trainate dai cani è un attimo! Poi quel povero ragaz-

zo è uscito da quel fosso e credeva di essere un pinguino!"
"Mamma, ma io il cane da slitta lo guido benissimo, lo sai! Chi ti porta a prendere la carne di foca tutti i giorni? Non mi sembra che abbiamo mai avuto problemi!"
"Matteuitt, adesso non divagare! In ogni caso stavolta ti ho detto di no! Bisino potrai vederlo gli altri giorni!"
"Ma quale Bisino! Mamma, è per le ragazze!"
"Matteuitt, smettila! Sei ancora troppo piccolo per queste cose! Alla prossima festa ti mando, promesso."
"Senti mamma, te l'ho già detto, la prossima festa la fanno tra sei mesi! Le ragazze del villaggio non si ricorderanno nemmeno più di me! Vuoi che tuo figlio resti solo per sempre, eh? È questo che vuoi da me? Poi quando tu non ci sarai più, come farò tutto solo?"
"Guarda Matteuitt, stiamo parlando talmente tanto che stai facendo sciogliere i muri dell'igloo. Va bene, vai a questa festa, ma mi raccomando torna a casa presto!"
"Va bene, mamma, grazie! Ora esco!"
"Mi raccomando!"
"E non preoccuparti, sarò a casa per l'imbrunire."
"Va bene Matt... Cosa?! Matteuitt che dici?"
"Ci vediamo mamma, ciaooooo."
"Matteuitt, ma il sole tramonta fra tre giorni!"
"Ciaoooo!"
"Torna qui! Matteeeeeuiiiiitt!"

MATTEO E MAMMA BISE
A DUBAI

"Maomeeeeeett!"
"Che cosa vuoi mamma, perché entri in camera mia senza avvisare e mi rompi sempre i Kazakistan?"
"Mi dici cosa stai facendo?"
"Sto contando i soldi della paghetta e ho visto che ci sono centomila euro di meno questa settimana. Che c'è, non ti fidi di me?"
"Maomett quei soldi mancano perché la settimana scorsa ti ho comprato la Lamborghini, te lo sei già dimenticato?"
"No, era bella la macchina, grazie."
"Ma hai fatto i compiti?"
"Mamma tu non ti devi preoccupare di niente, qui c'è Samir che mi fa i compiti. Gli do cento euro e lui mi fa i compiti. Tieni, Samir!"
"Ma hai mangiato oggi?"
"Certo mamma, ho mangiato un agnello arrosto enorme con contorno di patate, ceci e..."
"Maomeeeeeett! Ma sei matto? Oggi c'è Ramadan, non si deve mangiare niente!"
"Mamma ma scherzo! Non ho mangiato niente! Ora aspetto che tramonti il sole, compro un po' di Lamborghini e poi mi mangio qualcosa."
"Senti, lasciamo perdere. Guarda qui, guarda queste foto nel cellulare. Ti ho trovato tre donne bellissime."
"Mamma, ma non rompere i Kazakistan con questa storia delle donne! E poi non si vedono nemmeno in faccia, hanno tutte il burka!"

GUARDA QUI, GUARDA QUESTE FOTO NEL CELLULARE. TI HO TROVATO TRE DONNE BELLISSIME
MAMMA, MA NON ROMPERE I KAZAKISTAN CON QUESTA STORIA DELLE DONNE! E POI NON SI VEDONO NEMMENO IN FACCIA, HANNO TUTTE IL BURKA!

"Ma Maomett, sono tre donne fantastiche: questa con il burka nero si chiama Jasmin e ha un sorriso bellissimo, questa con il burka blu scuro si chiama Fatima e ha un nasino fantastico, ma la più bella è Shamira, questa con il burka blu un po' meno scuro. Allora che dici Maomett, quale preferisci? Dai dimmelo in fretta così combiniamo subito un bel matrimonio."
"Mamma, basta è arrivato il momento di confessarti una cosa. Io mi sono innamorato di donna italiana!"
"Cosaaa? Come? Cosa hai detto?"
"Mamma, calmati!"
"Nooooo! Donne italiane sono tutte poco di buonoooooo! Nooo! Non voglio sentire questa cosa, ti pregoooo!"

MATTEO E MAMMA BISE
IN POLINESIA

"Mammaaaaaaa!"
"Mattelolooooo!"
"Mammaaaaaaa!"
"Mattelolooooo!"
"Che c'è?!?"
"Mamma, io voglio andarmene!"
"Come?"
"Sono stanco di tutto questo."
"Tutto questo cosa, Mattelolo?"
"Questo caldo, mamma! Qui c'è il sole tutto l'anno, abitiamo su un mare trasparente, mangiamo tutti i giorni il pesce che peschiamo noi. Non abbiamo nessun impegno, il massimo che dobbiamo fare è cambiare le reti per i pesci e dare una sistemata alle nostre case in legno, che galleggiano nell'oceano. È ovvio che sono stressato!"
"Matteloluccio mio, forse l'aragosta che abbiamo mangiato ieri ti è rimasta sullo stomaco."
"Mamma, basta con queste aragoste! Dici sempre così quando mi lamento per qualcosa! Io ho bisogno di qualcosa di diverso!"
"Qualcosa di diverso? Che vuoi dire?"
"Ma sì! Una vita diversa! Immagina abitare in una cittadina, andare a scuola tutte le mattine con te che mi prepari il pranzo da portare in classe."
"Pranzo in classe? Quindi vorresti portare le aragoste a scuola?"
"Ma che aragoste, mamma! Immagina, mi prepareresti

MATTELOLOOOOO! CHE C'È ?!?
MAMMA, IO VOGLIO ANDARMENE! SONO STANCO DI TUTTO QUESTO!

tutti i giorni un bel minestrone di verdure caldo caldo, lo lo metterei in un contenitore e lo porterei con me per mangiarlo a ricreazione. E poi ci sarebbero almeno sei mesi di freddo, e io mi metterei il giubbotto, la sciarpa e la cuffia!"
"Sciarpa? Cuffia? Di cosa stai parlando Mattelolo mio? Ma non ti avrà morso un pesce allucinogeno?"
"Ma che dici, mamma! Guarda che piacerebbe anche a te! Avresti la tua cucina, i tuoi fornelli da pulire tutti i giorni, avresti un grembiule fatto di stoffa e non questo coso fatto di alghe!"
"Io non capisco cosa ci sia di male nel mio grembiule!"
"... E poi la città! Le vie, i palazzi, le macchine che si mettono in coda nelle strade, i semafori che scattano: rossi e verdi, rossi e verdi. Tutto il giorno! Poi la notte diventerebbero arancioni e inizierebbero a lampeggiare! Se abitassimo vicino a un incrocio potrei vederli dalla finestra di casa per tutta la notte! Mamma, promettimi che un giorno andremo in vacanza in città!"
"Mattelolo io non lo so, come potremmo fare?"
"Be' basterebbe ospitare qualcuno che vive in città, così poi loro ospiterebbero noi!"
"Mattelolo ma di tutte quelle persone chi pensi che voglia venire in questo nostro villaggio galleggiante, in mezzo al mare?"
"Eh sì mamma, forse hai ragione, forse sogno troppo con gli occhi aperti!"

MATTEO, STAI PER USCIRE?
HAI PRESO TUTTO?
KIT ELETTROCARDIOGRAFICO?
OSSIGENO DI RISERVA?
SCIARPA ANTIRADIAZIONI?
REGOLATORE DI TEMPERATURA?
RICETRASMITTENTE SATELLITARE?
HAI MESSO IL PANNOLONE SOTTO LA TUTA?
Matteo & Mamma Bise
SU MARTE

MAMMA, QUANTO MANCA?
MAMMA, QUANTO MANCA?
MAMMA, QUANTO MANCA?
MAMMA, QUANTO MANCA?
Matteo & Mamma Bise
EMIGRANO

MATTEEEEEO!
STAI ANDANDO A GIOCARE?
ATTENTO A NON SUDARE!
ATTENTO ALL'UMIDITÀ!
ATTENTO ALLA PIOGGIA!
?
Matteo & Mamma Bise
NEL FONDO DEL MARE

MAMMA, NON SONO PIÙ UN CUCCIOLO, POSSO LAVARMI DA SOLO!
Matteo & Mamma Bise
NELLA SAVANA

Graphic Design di Sabrina Ferrero
Illustrazioni di Riccardo Rosanna
Fotografie di Nathalie Cohen,
sfondo di copertina di Ozerov Alexander / Shutterstock

Prima edizione: marzo 2017
Seconda edizione: aprile 2017
www.electa.it

Azienda certificata ISO 9001
Mondadori Electa S.p.A. è un'azienda certificata per il Sistema di Gestione Qualità da Bureau Veritas Italia S.p.A., secondo la Norma UNI EN ISO 9001:2008.

Questo libro rispetta l'ambiente
La carta utilizzata è stata prodotta con legno proveniente da foreste gestite secondo rigide regole ambientali, le aziende coinvolte garantiscono una produzione sostenibile aderendo alle certificazioni ambientali.

Questo volume è stato stampato
presso Elcograf S.p.A., via Mondadori 15, Verona
Stampato in Italia – Printed in Italy